あなたがはいというから

谷川直子

Tanigawa Naoko

河出書房新社

あなたがはいというから

男がその本に気づいたのはほんの偶然だった。

壁一面に広がるモネの睡蓮《すいれん》の絵を一歩下がって眺めようとしたとき、その女が視界に入ってきたのだ。女は少しずつ左に移動しながら壁の絵をていねいに鑑賞している。ベージュのジャケットとブラックデニム、小さめのショルダーバッグを斜めがけして、右手に持っているのは、まちがいなく花邑《はなむら》ヒカルの詩集だった。

甘酸っぱい記憶が冷たい耳の後ろあたりから勢いよく噴き出してくるのを男は止められず、思わず目を閉じる。

開いて間《ま》もない朝のオランジュリー美術館は、バックパックを背負った観光客で埋まり、それでも好ましい静けさが保たれている。そのせいで男の視界はくっきりと澄んで、その詩集の表紙の傷みぐあいまでが鮮明に見えてきた。

視線を感じ取ったのか、彼女がいきなり振り向き男と目が合った。思わず差し出した男の右手の人差し指をたどり、自分の持っている本を指しているのだとわかると、女は両手でその本を持ち、男に見えるように胸の前に掲《かか》げる。

ゆっくりと近づくと男は小さな声で「すみません」と頭を下げ、「あまりにもなつかしかったものだから」と白髪まじりの頭をかいた。

「ああ、わかります」と女は答える。その詩集が出たのはもうかれこれ四十年も前のことだったから。

それ以上話すこともなく、男はまた軽く頭を下げると睡蓮の間を出た。そして一通り館内を回ると少し疲れ、美術館を後にした。

次はオルセー美術館に行くつもりで、スマホを出してグーグルマップを開く。歩いて九分。急ぐこともない、と男は川沿いにゆっくり歩き始める。空はグレー。少し肌寒い。

すると先ほどの女が追いついてきた。「オルセーに行くんですか?」と聞かれ、「はい」と返事する。「私も」と女は答え「ご一緒してもいいかしら」と笑った。きちんとした佇《たたず》まいの中に、同世代の者たちだけに感じる安心感と気安さが同居している。美人というのではないが、どこか人をほっとさせる柔らかい表情をたたえた丸い顔の中で、黒い瞳が若々しく光っている。なんともなつかしい気のする人だった。

男は「小野《おの》です」と先に名乗った。女は「柿崎忍《かきざきしのぶ》って言います」と笑顔で言い「お一人なんですか?」と聞く。「いえ、女房がショッピングに行くというので今日は別行動で」と男が答えると、「私も。夫はゆうべ遅くまで飲んできて、まだ起きられなくて、一人で行ってきてって言われちゃって」と女は少し顔をしかめた。

コンコルド広場を通りセーヌ川を渡る。

「ほら見て、この表紙の写真とよく似てる」

女は橋の上から川越しに見える左岸を指差す。

「似てるけど、ここじゃないな」と男は表紙と景色を見比べて言う。

「ですよね。似てる場所が多くて、でもここじゃない。どこだか探してみたくて」

笑った顔が誰かに似ている。

「どうしてその詩集？」と男が聞くと、「ああ、これ、本棚を整理したときに出てきたのを玄関の下駄箱の上に放り出してて、出がけになんだか読みたくなって持ってきちゃったんです。高校生の頃、一生懸命読んだ本なんですよ」

「僕も。『あなたがはいというから』って詩が好きだったな」

「ほんとですか？　私もです。みんな『消えゆく星』がいいって言うのに珍しいな。でも飛行機の中で読み直したら、前とはまったくちがう詩に思えて、ちょっとショックだった。これが年を取るってことなのかなって」

男はどう返事をしたものか考えあぐね、けっきょく何も言わなかった。

橋の下を観光船が通り過ぎ、男は黙って歩き始める。女も黙って横に並び歩幅を合わせた。

「みんな『消えゆく星』がいいって言うのに」というフレーズがまだ男の頭の中で響き続けている。同じことを言った人がいた。そのときのことを思い出しかける。

あの人ならなんと答えるだろう。嘘をついてもいいかとたずねたら、はい、と言うだろうか。

あなたがはいというから

あなたがはいというから
わたしはわらっていられた
よあけまえにないたあさ
めをとじてたちつくしたまひる
ゆうぐれにこぶしをにぎったよる
なくしたほこりや
くじけたゆうきや
よごれたしんじつに
のどかきむしられても
あなたがはいというから
わたしはわらっていられた
てんしのくちぶえも
さんごのかけらも
ぎんがのなみだも
そのちいさなこえのまえでは

むりょく
とおくのそらで
たいようがもえつきて
えいえんのやみが
このほしをしはいしても
きっぱりとまよいなく
あなたがはいというから
わたしはわらっていられた
すべてのひとがいいえとひていしても
あなただけがこうていしてくれれば
わたしはいきていける
くやしいけれどそれがあいだと
しんじているから

1

柊瞳子《ひいらぎとうこ》が和久井亮《わくいりよう》と三十七年ぶりに会ったのは、瞳子の住む街の区民センターで催された講演会の後の打ち上げだった。

せっかく和久井が来るのだからと、大学時代の同級生の一人がセッティングをして、小さなイタリアンレストランになつかしい顔ぶれ十数名が集まったのだ。

このプチ同窓会の世話役の工藤真二《くどうしんじ》は、瞳子を見て「柊さん変わんないねえ、若い若い」と言ってくれたが、みんな五十九か六十になっている。シワも白髪もあり、腹回りの肉づきもよく肩は丸くなって、いいオジサン、オバサンである。

ゆったりとした黒いセーターにブリーチのストレートデニムをはいた鈴木沙織《すずきさおり》が、「それ、ほんもののケリー？」と瞳子に聞く。「うん」と答えると、「さすが院長夫人はちがうな。そのスーツ、フォクシーでしょ」とべつにねたましそうにもせずにさらっと言う。

「レモン色なんてちょっと派手だったかしら」と瞳子が不安そうに聞くと、「大出世した和久井くんに似合ってる」と沙織はいたずらっぽく笑った。

「沙織はまだ陶芸やってるの？」

「うん。才能あったのよ、あたし。ブライダルサロンの方は辞めて、いまは教室開いて教えてる。けっこう熟年の生徒が増えちゃって、いつもジーパンにエプロン。瞳子みたいにおしゃれする機会がないよ」

「楽しそうだね」

「うん。ねえ、なんか工藤くん、やり手な感じ。退職したら、ネットショップのサイトを立ち上げるんだって。アマゾンみたいな大成功を目指してるらしいよ。いまでも長髪って、リリー・フランキー入ってるよね」

「いいじゃない。らしいよ。っていうか沙織と同じ髪型じゃない」と瞳子は言い返し、真二の後ろで一つに束ねた黒い髪を見て、若いと思う。

「波多野《はたの》くんは見事にハゲたな。童顔だからなんかかわいくなっちゃって。あいつ出版社じゃん。和久井亮にアプローチしてるらしいけど、難航してるみたい」

「へえ」と瞳子は波多野漠《ばく》の人なつこい笑顔をなつかしく眺める。そのとき沙織が大声を出した。

「あ、和久井くん、こっち来て。瞳子の隣に座りなさい。あんたまだ瞳子のこと好きなんでしょ、テレるなテレるな」

　沙織がそう言わなければ、亮は瞳子とは言葉もかわさなかったかもしれない。わざと目を合わせないようにしているのが最初からわかったほどだ。

「早くう」と沙織に言われ、ゆっくりと二人に近づいてきた亮は、「二人ともずいぶんと大人になったね」とくぐもった声で言った。まるで電話ごしに話してるみたいな声だ。

「大人？　大人通り越してもうマジ、オバンだよ。さあさあここに座って」と沙織は立ち上がり、自分の席をあけた。ほとんど投げやりな感じで亮がそこに腰をおろすと、「どうぞごゆっくり」と沙織は亮の背中をぽんと叩《たた》き、男子たちの方へ行ってしまった。

　瞳子が、赤と白のギンガムチェックのテーブルクロスの上に置かれた大きめのワイングラスを見つめて黙っていると、「久しぶり」と亮が言った。さっきより少し大きくなった声は昔よりよく響いて何かピンとこない。こんな声だっけ、と瞳子は思う。三十七年だもの、声が変わったたってしかたがないと思いなおし、「久しぶり」とオウム返しをする。

「元気だった？」

「うん」

マオカラーの白いシャツの上にこげ茶のブレザーを着た亮はやっぱり作家っぽくて、瞳子のからだは亮の方を向いていたけれど、顔を見ることができない。

「婿養子《むこようし》もらったんだって？　工藤から聞いた」

「うん。私が医者になれなかったから。夫は外科医なの」

「子どもは？」

「男の子が一人。もう大学卒業した」

「医者になったの？」

「うん。病院のためなかば宿命的に」

「なかば宿命的」

亮はそう繰り返すと、ふっつりと黙ってしまった。

「『曲がり角の彼女』、読んだ」

長い沈黙の後、瞳子はようやくそう言うと、亮の顔を盗み見る。亮はじっと瞳子を見ている。

驚いて視線をグラスに戻し、おもしろかったとか感動したとか言うべきかどうか迷う。

再び訪れた沈黙が気まずく、「亮のところは子ども何人？」と瞳子は聞く。

「いないんだ」

「そうなんだ」

「いなくて正解だよ。オレも女房も親になれる人間じゃない」

亮の口から聞く女房という言葉に瞳子はコツンとひっかかる。あの頃の私たちの中にはなかった単語だと思ったからだ。学生時代、二人はつき合ったことがあり、そして別れた。そう長い間一緒にいたわけではなかった。それでも瞳子と亮の間には切っても切れない糸がつながっていて、お互い忘れることができないでいるらしい。そんなふうに明確に思っていたわけではないけれど、こうしてみんなの中にいると亮だけが自分にとって特別な存在であることがはっきりする、と瞳子は思う。それはたぶん亮も同じで、いや同じであってほしく、微妙な緊張感は三十七年前、卒業式の日に別れたときとまったく同じだった。

「ごめんね」

どういうわけかそんな言葉が瞳子の口からこぼれて、亮は「何が?」と聞き返した。

「なんだかわかんないけど、でもごめん」

「あやまることなんてないよ」

「うん」

「もうすっかり別々の道だもの。けっして交わることのない、それぞれの道」

亮は静かにそう言うと、テーブルの上のワイングラスに赤ワインを注いでぐいっと飲んだ。そのとき真二がやってきて、「仲良くやってる?」と笑って言う。

たとえば今日のような機会を逃さず、みんなを集めようと思い立ったら、真二はさっさと行動する。電話で連絡を取り合い、ラインのグループを作り、出席者をリストアップし、会場を選ぶ。どちらかと言えば、瞳子も亮もそういうマメなところはほとんどないので、真二のフットワークの軽さを見ていると瞳子はただただ感心してしまう。

「今日はご苦労さま」と瞳子が真二に向かって言うと、「この年になって名を上げた友人に、会ってみたいっていう皆さんの希望をかなえるチャンスだもんな。この日を待ってたんだぜ」と真二は言った。

「名を上げたなんて言うなよ」と亮はぶっきらぼうな言い方をする。さっきとまた声がちがう。

「いいじゃん。五十過ぎてから作家になるってだけでもオレらにとっちゃあ驚きなのに、それがベストセラーになるなんて、なんだか友だちとしてうれしいし、誇らしい気さえする」

真二は学生のときと同じように、まったく嫌味《いやみ》のない口ぶりで、ここにいる同級生たちが多かれ少なかれ思っていることを口にした。そこへ波多野漠と一緒に沙織が戻ってきて、「和久井くんがこんなに出世するなんて思いもしなかったな」と言いながら、瞳子の隣の席に座った。

「出世?」

亮はぶっきらぼうに語尾を上げる。太って髪の薄くなった漠がそわそわと視線をまわりにやって、その表情が昔と全然変わらないので、瞳子は奇妙な気分を味わい始める。

「出世じゃない。みんな知ってるわよ、きみの名前。あなた正真正銘の有名人よ。あたし、和久井亮と友だちだったって何人に言ったかわかりゃしない」

ずいぶん飲んでいるのか沙織の目はとろんとしている。テーブルの上のピザは乾き始め、サラダはしおれ、ビール瓶《びん》には水滴が浮き、亮はまたむっつりと黙ってしまった。講演会では堂々としていて、おもしろおかしく作家の生活を話していたのに、いまはまるで表情がちがう。無愛想な昔の亮みたい。昔の? 時間は流れすぎるほど流れたのに、私たち、いったいどこが変わったというのだろう。

「いくら儲《もう》かった?」と沙織はなんの気負いもなしにあけすけな質問をする。

「ほとんど税金でもってかれたからあんまり残ってないよ」

さあな、と言うかと思っていたのに、亮はめんどうくさそうに、けれど一応うまく問いに半分ほど答える。

「千五百円の本が五十万部で印税が十パーセントだとしたら、七千五百万じゃない。すごいよね、瞳子」

「あ、うん」

沙織の率直さは昔から変わっていないらしい。瞳子だって、亮の本が五十万部を超えたと聞いたときには頭の中で計算した。亮はうんと言った瞳子の顔を見て、「そんなの重要なことじゃないんだよ」と言う。なら重要なことはいったい何なの？　そう聞きたかったが、なぜか気おくれしてしまう。それなのにまともに目が合って、視線をそらせなくなっていた。

そんなの重要なことじゃないんだよと言ったときの亮の声は、それまでの瞳子に向かったくぐもった低い声とも、友だちに返すぶっきらぼうな声とも、講演会で話していたときの快活な声ともちがっていた。それはずっと前、二人が信じられないほど仲のよかったときに聞いたあの声だった。彼と会わなかった三十七年の間、瞳子がいくら思い出そうとしてもけっして思い出すことのできなかったその声は、少しごわごわした帆布《はんぷ》のような手ざわりの、厚みのある、どちらかといえば低い、けれど低すぎず、どういうわけか瞳子をまるごとそっと包み込んで安心させることのできる力を持っていた。だからもし、彼がその声でどれだけいじわるなことを言ったとしても、瞳子は笑っていられた。

あまりにもなつかしい声に一瞬にして包み込まれた瞳子は、そのときつい油断して亮の目をのぞき込んでしまった。考えてみれば長いこと、瞳子は誰かの目をのぞき込んだことがなかった。夫は忙しく、息子も忙しく、誰も瞳子とまともに目を合わせて話すなどということをしなくなっていた。私立病院の院長の娘として何不自由なく育てられた瞳子は、医者にならなかったことで家族の中心から外れてしまっており、いつのまにか脇であいまいに笑っていることが多くなり、病院の中では誰の顔もまともに見ずに機械的にせっせと会釈《えしゃく》をするのが身についてしまっていたから、人の目をのぞき込む状況に陥《おちい》ることもなかったのだ。

けれど瞳子は亮の目をのぞき込んでしまった。そしてそこに無数の疑問符を見つけてしまった。

これは何？　瞳子はいったい彼が何に対して疑問を抱いているのかわからなくておろおろしてしまう。それでも亮が自分に何か問いかけていることだけははっきりしており、なぜかそれが悲しくなった。瞳子は口に出して何か言おうと強く思ったのだけれど、なんの言葉も思い浮かばなかった。もうすっかり別々の道だもの。けっして交わることのない、それぞれの道。彼はそう言った。よけいなことは聞くなという意味だ。

ぼんやりしている瞳子を置いて、亮がどのくらい儲けたかという話はそこで終わり、日本文学を教えていたS教授が亡くなったという話に移った。いつのまにかみんなが亮を取り囲んでいる。それからいろんな教授の消息をまた真二が次々教えてくれて、その情報通ぶりにみんなは感心した。思えばあの頃教えていた先生たちの年齢は、いまの瞳子たちより若かったにちがいなく、一同はそのことに気づいてしみじみしてしまった。

瞳子たちはもう六十で、勤め人はリタイアする年齢なのだ。

「だけどオレ、中身は何も変わってないぜ」と真二は笑って言った。こんなに外見が変わったというのに、真二の言葉をずうずうしいと思わなかったのは、たった一目亮を見ただけで、眠っていた昔の自分が目を覚ましたからだと瞳子はまだ気づいていない。

「そうだよねえ。昨日まであそこにいた気がするもの」と沙織が言うとみんなうなずいた。あそことというのは、もちろん瞳子たちが四年を過ごした大学のことだ。たしかにそこは特別な場所だった。

うっとりと同じ思いにふけり、ポツリポツリと不完全な記憶から思い出話がこぼれ出して、集まった同級生たちはそのうちすっかり「いま」を忘れていった。

最後に、みんなは各々携帯電話の番号やラインのアカウントの交換をした。全員が和久井亮の番号を知りたがり、亮は嫌がらずみんなに番号を教えた。瞳子にも。そして「瞳子の番号も教えて」と言った。亮はもうぶっきらぼうな声に戻っていて、瞳子と目を合わせなかった。

2

四十一年前の四月、瞳子は北関東の田舎にある国立大学に入学した。

ゲーデルとテンポイントが死に、「未知との遭遇」が公開され、キャンディーズが解散した年だ。「普通の女の子に戻りたい」と芸能界を引退したキャンディーズの最後のシングル「微笑がえし」があちこちで流れる中、瞳子は都から遠く離れた学園都市にある学生宿舎に引っ越した。

当時その大学はまだ開学して間《ま》もなく、学際的で開かれた大学を目指す新しい大学として、ほんの少し注目を集めていた。だだっ広い田んぼの中にぽつんと出現した大学の立派なビル群は、構想の中では学園都市の中核をなすはずだった。学園都市には大学のほかに政府関係研究機関、民間研究所、私立大学が誘致されることになっていた。だがすべての計画は予定より遅れていて、瞳子たちが入学したとき、大学のまわりにあったのは梨畑と学生用のアパートと数えるほどしかない喫茶店と飲み屋だけだった。

瞳子が選んだのは比較文化学類という変わった学部で、その学部では各国文学、比較文学、地域研究、そして現代思想を学ぶことができた。学生は全国から集まってきていて、地元の出身者はほとんどおらず、大多数の新入生が校舎から自転車で十五分の場所にある学生宿舎に入居することになっていた。

宿舎は男子棟と女子棟に分かれた団地のようなもので、ワンルームでトイレとキッチンは共同。学生用の銭湯と食堂と売店が共用棟と呼ばれる別棟に設けられ、入学を前に大学側が決めた部屋に、学生たちは本と衣類と食器を運び込み、さながら合宿のような宿舎生活をスタートさせたのだった。

大学側が何を基準に部屋を割り当てたのかはわからないが、瞳子は七号棟の２１５号室に入ることになった。

七号棟は四階建ての細長い建物で、真ん中に階段があり、左右にドアがついている。そのドアを開けるとフロアがあり、片側に七つの部屋のドアが並んでいる。フロアの共用スペースの端に流し台とガスコンロがあった。その奥にトイレと洗濯機が備わった洗濯物干し場。

２１１号室には韓国からの留学生が入っていた。キムさんといって背が高く愛想が悪い。２１２号室にはチリからの留学生。アビゲイルという名前で髪が黒く一見日本人に見える。２１３号室には体育専門学群の二年生佐治《さじ》さん。髪の毛が天然パーマで剣道をやっている。２１４号室には医学専門学群の一年生田村さん。２１５号室が瞳子で、２１６号室には体育専門学群の二年生須藤さん。彼女は陸上競技の選手だがひどく顔色が悪い。そして２１７号室には台湾からの留学生ワンさん。テレサ・テンに似ていて大声で笑う陽気な人で、ドアがよく開けっ放しになっていた。

家を離れて一人暮らしをするのがはじめての瞳子は、八畳ほどのワンルームを自分らしくすることにまず取りかかった。部屋には頑丈そうなパイプベッドとしっかりした机と椅子、スチールの本棚、それと小さなロッカーが備わっていて、入ってすぐ左に洗面台があった。カーペット、カーテン、台所用品などは入居日に合わせて業者が共用棟の前で売り出していて、瞳子はついてきた母の早苗《さなえ》と買い物をした。選択肢があまりなく、カーペット以外はおいおい揃《そろ》えていこうと瞳子は思ったが、早苗は「趣味が悪いわね」と言いながらも、とりあえず必要になりそうなものはすべて買い込んでしまった。

どれも気に入らなかったけれど、床が固い合板でできていたので、とにかくカーペットを敷かないことには始まらない。瞳子は早苗に手伝ってもらってぺらぺらのベージュのカーペットを敷き、ベッドと机と本棚をあちこち動かして部屋のレイアウトを考えた。ベッドは窓側の壁にくっつけて置き、机は右の壁に向けて、そしてドアを入ってすぐに中が見えないよう本棚を仕切り代わりに壁と直角に置き、ロッカーは洗面台の反対側にした。

持ってきた衣類をいかにも安物のプラスチックの大きなケース二個に詰め、ベッドの下にしまう。コートとワンピースはロッカーにつるした。早苗がグリーンの電気ポットと小さなおもちゃのような黄色い炊飯器を買ってくれたので、瞳子ははじめて売店で米を買い、そのかわいらしい炊飯器でご飯を炊いた。

入学式が終わると、早苗は東京に帰ってしまい文字通りの一人暮らしが始まった。毎日銭湯に行くのは不思議な体験だった。夜になると洗面器にタオルと石鹼《せっけん》とシャンプーと下着を入れ、サンダルを履《は》いて出かける。銭湯では同じ学部の子に会うわけで、お互いやっぱり恥ずかしい。まさに裸のつき合いで、ここではカッコつけても無駄だと知らされた。

瞳子は料理なんてしたことがなく、できるのは母に教わった三つのレシピ、目玉焼きと野菜炒《いた》めとカレーだけで、めんどうになると売店で袋入りのパンを買ってすましてしまう。大学の近くにおいしいパン屋がないことが、瞳子にとってはもっとも残念なことだった。

同じフロアで一番料理をするのはキムさんだった。それからワンさん、次いでアビゲイル。体育専門学群の二人は食堂で食べてくるようだった。隣の医学専門学群の田村さんは、四月の途中でいなくなってしまった。出るときに挨拶《あいさつ》に来て、妊娠したので休学して子どもを産んでくると言われ、キスさえしたことのない瞳子は驚きのあまりポカンと口をあけたまま黙ってしまった。田村さんは、ずっと前から決まっていた相手で出産は早い方がいいだろうということになったのだと笑顔で説明してくれた。うちが病院やってるの、と彼女は言った。そういう生き方もあるんだ、と瞳子はショックを受けた。

田村さんのあとにはリーさんという韓国からの留学生が入居した。リーさんは女優みたいな美人で源氏物語の研究をしているという。ソウルの名門女子大を卒業してこの大学の大学院に進んだらしい。

リーさんは何かわからないことがあると、すぐ隣の部屋の瞳子に質問してきた。最初瞳子の部屋のドアをノックしたリーさんは、手に台所用洗剤のママレモンとチェリーナを持って真剣な顔で「これ二つ、どうちがいますか?」と聞く。瞳子には答えがわからない。そもそも瞳子は入学するまで台所用洗剤などさわったこともなかったのだ。

「色かな」と瞳子は首をかしげる。ママレモンは黄色でチェリーナはピンクだ。

「それだけですか?」

リーさんは大きな目で期待をこめてじっと瞳子を見つめ問い返す。

「匂いもちがうかも。ママレモンはレモンでチェリーナはチェリー」

「そうですか。ではどちらがいい洗剤ですか？」

「それはちょっと」

瞳子は口ごもる。日本人がみんな台所用洗剤に詳《くわ》しいと思ったら大きなまちがいだと言いたいところを我慢して、「好き好きです」と言ってみる。

「そうですか。失礼しました」とリーさんは悲しそうな顔をして引き下がる。

またあるときは、「すみません、仏壇にお線香をあげるときの『あげる』はどんな漢字を使いますか？」と聞きにくる。

「すみません、わかりません」と瞳子は恐縮する。ほんとうにわからなかったのだ。リーさんはすまなさそうな顔で「私もわかりません」と言って引き下がる。

またあるときは「日本では肉を焼く前に洗いますか？」という不思議な質問をする。

「いいえ、洗いません」と答えながら、瞳子は急に自信をなくす。もしかして肉を洗わないのはうちだけなのかもしれないと思う。リーさんが同じ韓国人のキムさんにではなくなぜ瞳子にいろんなことをたずねたのかは不明だ。

キムさんにはボーイフレンドがいなかった。キムさんはおおむね無口で静かに過ごす人だった。アビゲイルとワンさんにはカレシがいて、しょっちゅうご飯を一緒に作って食べていた。佐治さんの部屋にはいつも大勢の友人が集まっていてにぎやかで、夜遅くまで騒ぎが続くこともある。門限はない。守衛もいない。宿舎には出入り自由だった。

宿舎から大学の校舎には自転車かバイクか学内バスで通う。車で通う学生もいた。瞳子は入居日に炊飯器や電気ポットと一緒にピンクのママチャリを買ってもらっていて、晴れた日にはそれに乗って授業に出た。

瞳子の所属する比較文化学類は、二十人ずつ四つのクラスに分かれていて週に一度ホームルームの時間があり、ふだんはバラバラな授業をとっている学生が顔を揃える。瞳子は一組。男女半々のクラスメートはすぐにうちとけた。

一組はすぐに親睦のためのコンパを計画し、土曜の夜、大学の近くの焼き鳥屋に集まって生意気にも酒を飲んだ。瞳子はそれまで酒を飲んだことがなく、甘い杏《あんず》の酒をおいしいと思ってぐいぐい飲んでいて気を失った。

誰が運んでくれたのか、目が覚めるともう朝で自分のベッドに寝かされていて、机の上にはクラスメートの書いた大量のメモが残っていた。「大丈夫？」とか「飲みすぎ！」とか、それを読みながら、瞳子は自分が法に反する飲酒行為を行ったことに自分でびっくりしていた。いままでの人生からは考えられないほどの破天荒ぶりだ。

その中で一番長い書き置きを残したのが和久井亮だった。

「アルコールは人間にとって最悪の敵かもしれない。しかし聖書には敵を愛せよと書いてある。これはフランク・シナトラの名言。きみ、いままで酒を飲んだことがなかったの？　だとしたらおそらく今日は記念すべき初の二日酔いを経験することでしょう。ま、これに懲《こ》りて飲むのをやめるもよし。けど酒の中に真理ありってエラスムスも言ってるしね。酒が人間をダメにするんじゃない。人間はもともとダメだということを教えてくれるものだ。これは誰の名言でしょう？　宿題ね。和久井」

ヘンな人、と瞳子は思い、和久井というのは誰だったかとコンパのときまわりに座っていた人たちの顔を思い起こしてみた。前に座っていたのは波多野くん。ノリのいい子だった。その隣は新条《しんじょう》さん、日文志望。その隣は飯塚《いいづか》くん。この人はその隣のかわいい真砂《まさご》さんに熱心にアプローチしていた。和久井くんは自分のまわりにはいなかったと思う。向こうの方だったのかな。

ベッドの上であぐらをかいてガンガン痛む頭をかかえ、もういい誰でも、そのうちわかるだろうと思っているところへ、入学式で隣り合って以来、一番親しくしている鈴木沙織がやってきた。部屋に鍵はかかっておらず、沙織は「気がついた?」と言いながら入ってきて、「どっちがいい?」と冷たい缶コーヒーと缶コーラを差し出した。瞳子は「頭がガンガンするの」と言いながら缶コーヒーを取り、一気に飲み干した。

「私、どうやって帰ってきたのかな」と聞くと、沙織は「覚えてないの? だよねえ、すやすや寝てたもんね」と言ってニヤニヤした。

「誰かが運んでくれたの?」

「うん。和久井亮がしょってきた」

「和久井亮?」

「そう。あ、その顔は、和久井くんがどの子かわかんないんだ」

瞳子はしかたなくうなずき、「どのへんにいた? というより、なんで和久井くんなの?」と聞く。

「幹事だったから。もう一人の幹事は工藤真二で、彼が会計したから瞳子ちゃんは和久井くんが運ぶことになったの」

「はあ」

「いい人だよね。みんな心配して、女子はだいぶ長い間この部屋で気がつくの待ってたんだけど、瞳子ちゃんバク睡してたから、みんなで書き置きして退散したの」

「は、はずかしい」

「きみってもしかしてお嬢様なの？」

「え？」

「だって食器がみんなロイヤルコペンハーゲン」

「ああ、それ、おばあ様が入学祝いにくださったの」

「ふうん。このカーテンも高そう」

「それは母が送ってくれたの。入居するとき共用棟で買ったことは買ったんだけど、安っぽいから替えなさいって。ねえ、和久井くんってどんな外見だっけ」

「髪はくるくるってクセ毛なのかな、ちょっと長めで、眉毛《まゆげ》はキリッとしてて、目はやさしくて鼻と口はふつう。って、それじゃわかんないよね」

「ねえ、これって誰の名言？」と瞳子は和久井亮の残した書き置きを見せた。

「そうそう、やたら名言とか知ってるのよ。なんたらって誰々も言ってるしねってよく言うんだあいつ」

「誰の名言だろう？」

「知らないなあ。聞いたこともない。和久井亮、気になる？」

「うん。だってどの人だかわかんないから」

「今度教えてあげる、いやいや、連れてくる。あたしは工藤くんの方がいいな」

瞳子は混乱していた。頭が痛い上に、もしかしてきのうのコンパは合コンとかいうやつだったのではないかと思ったからだ。たしかにクラスは男女同数で、最大十組のカップルができる。小中高と私立の女子校に通っていた瞳子にとっては、革命が起きたくらいの大事件だ。

「ねえ、沙織さん」

「あ、沙織でいいよ」

「この頭痛いの、いつ治るの？」

「一日続くよ。コーヒーとバファリン飲んで寝てなさい」

「はいわかりました」

「やだなにこのサテンのスリッパ。お姫様じゃないんだからさあ」

「ヘンでしょうか？」

「瞳子ちゃんっておかしい」

「私も瞳子でいいです。そのスリッパはパジャマとガウンとセットでおば様にいただいたの」

「ふふふ、筋金入りだ。お父さん、何してるの？」

「あ、病院」

「病院経営？」

「うん」

「へえすごいな。ほんもののお嬢様なんだ。よくこんな田舎の大学に来られたね」

「まあそれにはちょっとわけがあってね」

「いいや、いいいい。いつか話したくなったら話して。じゃああたし帰る。パジャマに着替えないと、ワンピースくちゃくちゃじゃない。あ、それからカギかけてね」

沙織が帰ると部屋はしんとした。窓の外はいいお天気で、青い空から落ちてくる太陽光が目に突き刺さり涙が出る。パジャマに着替え、母に持たされた救急箱の中からバファリンを出して二錠飲み、またベッドにもぐり込んだ。

瞳子が和久井亮に会ったのは、次の週のホームルームのときだった。

教室に入ると、先に来ていた沙織がこっちこっちと呼ぶ。

「早く、瞳子、この人、和久井くん」

沙織は隣に座った男子を指差して笑っている。瞳子はあわてて近づき、「すみません、このあいだ、なんか迷惑かけちゃったみたいで」と何度も頭を下げた。

「重かったなあ」

亮とまともに目を合わせた瞳子は、不思議な気持ちになった。この声、知っていると思ったのだ。いつどこで聞いた誰の声だったのか考えていたので、瞳子はそのあと亮が言ったことを聞き逃した。

「なに見つめ合ってんのよ」と沙織に言われて瞳子は我に返り、和久井くんって、髪切ってヒゲはやしたら野口英世《のぐちひでよ》そっくりだと思って笑ってしまった。

「この子、ヘンなサークルに入ってんの。なんだと思う?」と沙織が聞く。

「なんだろ、演劇?」

「ちがうちがう。なんと、おさんぽ同好会」

亮はそれを聞いて「いい趣味してるじゃん」とニヤッと笑った。男子と話すのに慣れていない瞳子は、だけどこの人は苦手じゃないなと思う。

「和久井くん、サークルは?」

沙織はいつも積極的だ。

「入ってない。バイトで忙しい。鈴木さんは?」

「あたしは野球部応援サークル」

「なにそれ」

「野球部の応援するの。うちの大学、首都大学リーグに入ってるのよ」

「わかった、東海大の原辰徳《はらたつのり》目当てでしょ」

亮の隣でそれまで黙っていた工藤真二が会話に加わってきた。

「ちがうよ。あたしは純粋に野球が好きなのよ。それにうちの大学いま二部だから原辰徳には会えないし。とにかくとりあえず一部を目指す。すごーい内野手がいるんだから」

沙織の野球マニア的な発言を、原辰徳すら知らない瞳子はなんだか尊敬しちゃうと感心して聞いていた。沙織と真二はジーパンで、亮はベージュのチノパンをはき、チェックのシャツの上に白いVネックのコットンセーターを着ている。瞳子はポロシャツにスカートとカーディガン。

「あのさ、おんぶしたときさ、きみワンピース着てたから、もしかしたら他の人にパンツ見えてたかもしれない。ごめんな」

急に亮が瞳子に向かってそう言って、二度も言うなよと真二がニヤニヤした。

「いや、この人、さっきたぶん聞き逃してると思ったんで」

その通りだった。亮の声に気を取られて聞いていなかったのだ。ずっと聞いていたいな、この声、とそのとき瞳子は思った。

3

亮とプチ同窓会で再会したその日から、瞳子にはいままで見えなかったものが見えるようになった。失意とあきらめと倦怠《けんたい》だ。その三つはセットになっていた。

朝目覚めたとき最初の失意がやってくる。また一日分年を取ったと瞳子は思う。どんなにがんばっても手の甲のシワは消えてくれない。確実に老いてゆく。しかたがない、それがあたりまえなのだと自分に言い聞かせ、顔を洗って着替え、軽く化粧をする。髪を整えダイヤのピアスをつけると、台所に行き、朝ご飯の支度を始める。

そのうち夫と息子が起きてくる。二人ともおはようと言わない。二つ目の失意。瞳子が声を出さなければ食事はほとんど無言でテレビの情報番組の音声だけが流れる。

明けで戻ってくることもある。二人とも柊総合病院の医者だ。息子はまだレジデントで夜勤
べつに仲が悪いわけではない。瞳子の誕生日に夫の進《すすむ》は花を贈ってくれるし、母の日には息子の優斗《ゆうと》からプレゼントを渡される。息子は自分から勉強するタイプの子どもで、小学校の受験の際は瞳子も目を血走らせてがんばったけれど、あとはほんとに手がかからなかった。そのぶん、優斗の人生に瞳子は深く関わることができないでいた。

もちろん進の人生にだって瞳子は深い関わりを持てていない。進は優秀な脳外科医で、専業主婦の瞳子とはなんの接点もない。進の生活の場は病院で、家は休息する場所でしかない。家で休んでいても夫は常に病院からのコールに備えている。人は時も所もかまわず倒れ、病院へ担ぎ込まれて、呼び出された進はその手で命を救ってきた。

二人が出かけてしまうと、何かをあきらめながら食器を片づけシンクを磨き、掃除と洗濯を終えると瞳子は倦怠の中で立ちすくんでしまう。その手で患者の病を治してゆく夫や息子とはちがい、自分には何もない。そう思うのが嫌で、家事や社交を楽しんでいるふりをしてきたのに、亮と会ったその日からすべてがはっきりと明るみに出てしまった。ふり？　瞳子は自分の言葉につ

まずく。

おそらく進は死ぬまで忙しいだろうし、彼が救うのは瞳子ではなく患者の命だ。優斗は結婚して家を出ていくだろう。老いて、それだけでもつらいのに、ますます孤独になる。見て見ぬふりをしてきたこの先の未来が突然はっきりと浮かぶ。見て見ぬふり。またふりだ。

物語なら、自分はよくあるタイプの登場人物だと瞳子は思う。人生も半ばを過ぎて、ふと気づけば何かをなした手ごたえもなく、かといっていま夢中になれることもない、そんな中年を過ぎた女。外から見た自分と、皮をはいだ自分の間の落差を埋めることができないまま、引き裂かれてゆく女。瞳子が読みあさってきた小説にはそういう情けない人物が現れる。物語の中では彼女もきちんと事件に巻き込まれ、非日常へと乗り出す。だが、現実は物語のようにはいかない。筋書きは断片的で、日常はカオスの海だ。部分を切り取っても何の意味もなく、全体を眺め渡そうと一歩下がると、細部は風景にのみ込まれ何も見えなくなる。自分が誰であるかすらわからないほど。

なんとかしなくちゃと瞳子は思った。沙織はちゃんと自分で食べているし、工藤くんもこれからだって息巻いてたし、波多野くんは退職前に絶対に和久井の本を出すって宣言して、亮なんて夢をかなえて作家になった……。亮、どうして目の中に疑問符を浮かべていたんだろう。会いたかった。むしょうにみんなに会いたかった。会ってからっぽじゃなかったあの頃の自分を思い出したかった。

毎日それればかり思っていたある夕方、鈴木沙織から電話がかかってきた。

「和久井くんに会いたいでしょ」と沙織は思わせぶりに言う。

「なんで?」

「いまここにいるのよ。来ない？」

「行く」

瞳子は自分の声が弾《はず》んでいるのに気づいて恥ずかしくなった。けれど気持ちは驚くほど失意とあきらめと倦怠から救われて、猛スピードでいそいそと白いシャツに黒のカルソンパンツというスタイルを選ぶ。この前、自分だけがよそいきのスーツで浮いていたから、もう場違いな恰好《かっこう》はしたくなかった。バッグも控えめなベージュのロエベにした。たぶん亮はロエベを知らないにちがいない。そう思うだけで笑みがこぼれる。

教えられた店は瞳子の住んでいる街の駅からたった四つしか離れていなかった。電車の中は買い物帰りの女性や学生で混んでいる。五月の夕方は空気が乾いて、空はすとんとすみれ色で、人々は疲れた中にもどことなく満足げに見える。それは瞳子の心が満たされていこうとしているからかもしれなかった。

スマホを頼りにたどりついた店は、駅から少し離れた通りの細長いビルの一階にあった。スペイン風居酒屋エストレーリャ。ドアを押すと一気に油と肉と酒の匂いが押し寄せてくる。店員に何名様ですかと聞かれ、待ち合わせでもう来てるはずなんですがと答え、店の中を眺める。奥のテーブルに亮の背中が見えた。沙織が向かいに座っている。

亮の背中に向かって歩きながら、振り向け、振り向け、と願った。テーブルまであと三歩というところで亮は振り向いた。

「瞳子だ」

名前を呼ばれて瞳子はホッと安心して小さく手を振り、沙織の隣に座る。

「いまねえ、和久井くんに悩みを聞いてもらってたんだ」と沙織は言う。

「こいつ、あれからしょっちゅうラインよこすの。高校生かよ。今日もオレが飲んでるって言ったら、すぐ行くってやってきてさ」

「え、亮、いま自由が丘に住んでるの？」と瞳子が聞くと、「うん、先月から」と亮は答え、煙草《たばこ》に火をつけた。グラスには透明な飲み物と氷が入っている。「なに飲んでるの？」と聞こうとしてやめる。

「瞳子、ワインでいい？」

沙織はワインボトルを持ち上げる。

「あ、うん。あんまり飲めないんだ」と瞳子は答え、「すみません、グラス一つください」とウエイターに頼む。

沙織はこのあいだと同じようにデニムをはいて、チェックのシャツの上からグレーのパーカーを羽織っていた。亮は白いマオカラーのシャツの上にカーキのコットンジャケットを着ている。髪はくしゃくしゃで白髪がまじっていた。

「夕飯、大丈夫なの？」と沙織が聞くので、「うん」と瞳子は答える。ウエイターが持ってきたグラスに沙織が赤ワインを注ぎ、「じゃあ乾杯」と自分のグラスを目の前に上げた。亮もグラスを少し持ち上げぐいぐい飲む。瞳子は一口だけ飲んでグラスを置いた。ワインが喉《のど》を通り過ぎて舌に酸味が残る。

「沙織もこの近くなの？」

瞳子は沙織の住んでいる場所を知らない。

「うん。偶然。まさか和久井くんが引っ越してくるなんて思いもしなかった。買ったの？」

沙織が聞いたのは瞳子も聞きたいことだった。

「いや、賃貸マンションだよ。ただセキュリティがしっかりしたところに住みたくてさ、編集者が探してきてくれたんだ」

「なになに、ストーカーがいるの？」

「いや、まあ困った人もいてね。前に住んでたところは古いマンションで、エントランスなんてなくてさあ、ちょっと困ってたんだよ」

指に挟《はさ》んだ煙草からまっすぐ細い煙が立ち上って、それからゆるく揺《ゆ》れ、水の中をひらひら泳ぐ金魚のように消えてゆくのを瞳子は見ている。進も優斗も煙草を吸わない。煙草なんて百害あって一利なし、喫煙者をニコチン中毒にさせてしまえば売る方は安泰だからねと進なら一刀両断だろう。煙草で気を紛《まぎ》らそうとするのは亮の中の弱さの証だと思う。その弱さに瞳子はホッとしていた。どこかで亮がたくましく人生を生き抜いて大きく成長していることをこわがっていたからだ。

「瞳子、どうしたの？」

沙織に問いかけられてハッと我に返る。ワイングラスのへりに口紅のあとが残っているのに気づいて、指でぬぐいながら「なんでもない。こんな近くに住んでるなんてびっくりだなって思って」と答える。

「工藤くんの方が近いよ、代官山だもん」

「へえ」

「もうすぐ来るよ」

「沙織、工藤くんとも連絡取り合ってるの？」

「うん。なんかこの前会ったあと、一緒に仕事できるかもって話になったんだ」

工藤真二と同じように長い髪を無造作に後ろで一つに束ねた沙織は、ほとんど化粧をしていない。頬からあごにかけてのラインは学生のときよりずっとシャープになって、大きな目がよけい強調されていた。その目はどんなことも見逃さないように常に見開かれて、顔立ちの神秘性を打ち砕く下世話な光線を放っている。

「まさか、それって焼き物をあのサイトで売るってこと？」と亮が煙草をもみ消しながら聞く。グラスがカラになっている。

「まあそれはないと思う。詐欺になるもん。もっと別の方法で売るって」

「何を売るの？」

瞳子は亮が胸のポケットからスマホを取り出すのを横目で見ながら、やっと話題に入っていく。

「茶碗《ちゃわん》よ」

「いいじゃない」

「うーん」

「いいじゃない」と亮が瞳子の口真似《くちまね》をする。

「あ、和久井くん、バカにしてるでしょ」と沙織はワイングラスを持ってゆっくり揺らしながら「まあね、あんたみたいな本物の作家から見たら、くだらない仕事だもんね」と皮肉な調子で言う。

そこへ真二がやってきた。その後ろから漠が顔をのぞかせ、片手を上げる。

「いやあ、お待たせ。やあ、柊さんまでいるんだ。すごいな和久井の引力は」

「あら、私の力よ。波多野くん、仕事の話はNGだからね」と沙織が笑い、漠は「ええーっ」と目を見開いて驚いたふりをする。真二は座るとウェイターに向かって「グラス二つ」と声をかけた。

「いまねえ、例の話を和久井くんに聞いてもらってたのよ」と沙織が言うと、「マジで組もうよ」と真二が返す。

「なんなの？」と瞳子が興味津々で聞くと、「お遊びで重要文化財に指定されている茶碗とそっくりなのを作ったら、売ってほしいって言われてさ、ウン十万円で売れたわけよ。で、味をしめたあたしは、夜な夜な贋物《にせもの》の銘品《めいひん》を作ってる」と答える。

なんだかすごいわね、沙織、やっぱり陶芸の才能あったんだと瞳子は言いながら、この人、専攻なんだったっけと記憶をたぐる。

「おまえ何専攻してたの？」

亮は瞳子の頭の中を見透かしたように同じことを聞く。

「村田珠光《むらたじゆこう》の心の文《ふみ》」

「ほらほら、むずかしくなってきた」

亮は瞳子を見て笑う。とてもいじわるな笑い方だ。

「村田珠光っていうのは、わび茶の親と言われる人でね、唐物《からもの》の豪華な茶碗もいいけど、和物の粗相な茶碗もいいって言って、自分は素朴な青磁《せいじ》の茶碗を愛用したの」

「そいつが好きなのか」

「好きっていうか、おもしろいなって思う。完全なものはダメって言うの。月も雲間のなきは嫌にて候《そうろう》なんて言うわけ」

「売れるならいいじゃない。べつに相手も本物だと思って買うわけじゃないんだし」

漠はのんびりした声で言う。そうだ、この人はこんなしゃべり方だったと瞳子は思い出し、テーブルの上の亮のスマホがまた震《ふる》えているのに目がいってしまう。誰かが亮を探しているのだと瞳子は思った。誰だろう。

「ちょっとちがうんだな。本物だと人が思うだろうと思って、贋物を買うのよ」

「沙織の茶碗がよくできてるから売れるんだよ。自分の名前出せばいいじゃない」

「それ、工藤くんも言ってる」

「うん、オレはね、長次郎風と言っても通用する茶碗ってことで売り出せばって提案してるの」

「重要文化財に指定されてるから価値があるって時点でさ、その人には見る目ないってことなんじゃない？」

亮はスマホを放ったらかしにして瞳子の顔を見ながら話す。

「でもね、重文が家にあるって、なんかうれしくない？」

「うれしいならそれでいいじゃん。だいたい茶碗なんてさ、同じようなものが山ほどあるわけだろ。五百円、千円のものだって自分がいいって思えばそれは重文より価値があるわけだしさ」

「やっぱりオリジナルの作品作った方がいいのかな。でも売れないのよ、壊滅的に」

瞳子は四人のやりとりを黙って聞いていた。心は亮のスマホに釘《くぎ》づけで、なぜ彼がそれを無視しているのか知りたかった。

「そもそもなんで重文の茶碗がオリジナルだって言えるわけ？」

「そこはねえ、ビミョーなとこだよね。残るってこと自体けっこう運もあるしさ。誰がそれを銘品だと言ったかも重要で、その茶碗にまつわるストーリーも価値に含《ふく》まれるの」

「ストーリーも価値に含まれる」

亮はそこだけ繰り返す。ねえ、電話、と思わず瞳子は言ってしまう。亮は「いいんだ」と言ってそれ以上聞くなという顔をした。

「オレさあ、オリジナルなんてそんなに意味ないと思う。いまそういう時代だよ。オレらの世代はね、外国の本物がいいって必死で取り入れて、本物に価値があるって思い込まされてきたけどさ、いまはむしろワンパターンの時代なんだ。思わない？　みんな同じ恰好してるじゃん。同じような家に住んで同じようなテレビを見て同じような映画をほめて同じような本読んで同じようなことしか感じない。逆に言うと、コピーすることが自己表現なんだ。何かに同意してメジャーの仲間入りをしたがる。人は進んでありきたりの人生を選ぶのさ」

ほとんどやる気のない口調で亮が語ったことは、けれど瞳子の胸に刺さった。私もそうだと思ったから。常に人々が何に興味を示し何をいいと思っているかを気にして、一人だけ取り残されないように一生懸命努力している。何かを消費することでしか社会とつながっていないから、自分がどう人に見られているかを考えると、瞳子は常に自信がなかった。

医学部に進学しなかったあの時点で、私は一族からはみ出してしまったのだ。家族の中でも重要なポジションを剥奪されてしまった。進は医師の仕事に忙殺されている。誰も瞳子に意見を聞く人はおらず、瞳子はただ邪魔にならないように、バザーの準備をしたり、会食のレストランを予約したり、お祝いや香典や季節のご挨拶を抜かりなく送ることだけに精を出している。よく気がつく奥様でいることだけが、瞳子の存在理由。私にはオリジナルな部分はまるでない。

「どうした瞳子、落ち込んだのか」

ぶっきらぼうな亮の声が、瞳子の耳を包み肩に降りて胸をしめらせる。

「私も人の真似ばかりしてるの」

瞳子がつぶやくように言うと、「そいつは意外だな」と亮は言い、ウェイターを呼んで「ウォッカ、ダブル」と注文する。

「瞳子のフェイスブック見てるぜ。この前投稿してたどこだかのブランドのハイヒール、検索したら十八万もした。その前のチョコレートは一粒五百円。歌舞伎座《かぶきざ》、帝劇、ホテルオークラ、ニューオータニ。ずいぶん金のかかった暮らししてるんだな。楽しそうじゃないか」

皮肉たっぷりの口調に驚いて、瞳子は亮の顔を見る。あんなの。即座にそう言い返そうとして、瞳子はその言葉をのみ込んだ。

「自分で見つけたんなら何も恥じることはないさ」

自分で見つけるわけがない。なんでそんないじわるを言うのだ。瞳子は恥ずかしくてうつむいた。涙が出そうだ。

「病院って儲かるんだな」

亮がニヤニヤしながら言うと、「やめなさいよ、いじめるの。大人げない」と沙織がたしなめてくれて、瞳子はホッとする。

「和久井、柊さんのフェイスブックまで監視してるのか。そいつは傑作だ」

真二がグラスを置いて亮をからかい始める。

「よくあるらしいね、元カノを検索して生活を把握すると、メッセージを送って再会。そこから危険な火遊びが始まるって。柊さんも気をつけた方がいいよ」

なんの悪意もなく漠が笑顔のまま無邪気に言う。亮は瞳子の顔を見たまま、ウェイターが持ってきたウオッカをあおった。

「波多野くんが言うとなんかキナ臭いな。火遊びって年でもないじゃん。あたしたちもうババアよ。カンレキババア。そういえば、瞳子って卒論なんだっけ？」

沙織は話題を戻し、そう聞きながらワインボトルをカラにして、冷めたパエリアを取り皿に取った。

「私、リルケ」

「そうだ、ドイツ文学だったね」

「うん」

「いまでも読んでる？」

亮がまともに顔を見て聞くので、「この前、みんなと会ってからなつかしくて全集出してきちゃった」と瞳子はこわごわ答える。またくさされたらどうしよう、とドキドキしていると、「オレにお薦めある？」と思いがけない質問が続いた。瞳子はとまどった。さっきの毒舌はすっかりなりをひそめ、やさしい声だったから。

「リルケで？」

「そう、リルケ」

もちろん小説を読むことはいまも瞳子にとって欠くことのできない習慣で、ずっと本は読み続けている。けれど、いつのまにか自分は苦もなく読める物語ばかりを求めるようになっていたのか、久しぶりに引っぱり出してきたリルケを瞳子はむずかしいと感じて愕然《がくぜん》としたばかりだった。そしてじつは苦もなく読める物語ばかりを選んでいたのではなく、物語のうわべしか読まなくなっていたのだと気づいたのだった。瞳子はそれをどこかで恥じている。

亮がじっと瞳子を見つめているのを見て沙織はニヤニヤしながらパエリアを食べ出した。海老とムール貝とサフランの香りがする。真二は黙って亮を眺めている。

「『若き詩人への手紙』」と瞳子は勇気を出して一作を選んだ。

「わかった。読んでみる」

亮は新しい煙草に火をつけ、深く吸い込んでから煙を吐き出した。グラスはもうカラになっている。ずいぶん飲むんだ、と瞳子は少し心配になった。亮は酔っているようには見えない。けれど瞳子には何かが亮をむしばんでいる気がどうしてもしてしまう。どうしてだろう。不安で瞳子はそっと亮の顔を見る。

「『若き詩人への手紙』かあ。あれはほんとにいい作品だよ。オレも原点に戻りたくなったら読んでる。そして自分の腹黒さを恥じる」

漠がしみじみとした声で言ってくれて、瞳子は自信のなさを救われた気がする。

「おまえ腹黒いの？」

真二が飲みながら笑って聞く。

「リストラされずにここまで来てるんだぜ。腹黒くないわけないだろ。嘘ばっかついてるよ。でも退職金が待ち遠しい」

そう漠が返すと、沙織は「そりゃそうだ」と笑った。亮は笑わない。瞳子はついそれを確かめている。

「瞳子、食べなよ、おいしいよこのパエリア」と沙織が取り分けた皿を差し出す。瞳子はそれを受け取り、ほとんど無意識に「新作書いてるの？」と亮に聞いた。真二と漠がパッと顔を上げる。

「新作」と亮はその言葉を繰り返し、むっつりと黙ってしまった。そのとき若い女の子の集団がどっと流れ込んできて、店の中が急に騒がしくなった。

「オレ、帰るね」と亮が突然立ち上がり、一万円札を財布から出してテーブルの上に置くと、さっさと行ってしまった。

「私、何か悪いこと言った？」

瞳子はおろおろして沙織に助けを求める。真二が、「やれやれ、柊さん、変わらないなあ、そのマイペース、ってか、空気読まないとこ」とため息をつき、漠がうなずく。

「二作目、売れなかったから大変なんじゃない？」

沙織はさして気にする風でもなく、「瞳子、暇なら陶芸やらない？　材料費出してくれたらただで教えてあげるわよ」と話を変えた。

4

瞳子が入学してすぐに選んだおさんぽ同好会は、その名の通り散歩をするサークルだった。土曜の午後か日曜に集まって、テーブルの上に地図を広げ、部員の一人が目をつぶって指で差した場所まで歩いていく。ただそれだけだ。規則は一つだけ。大学のマーク入りのジャージを着ること。大学のジャージはどうやってもフォローできない類《たぐい》の緑色で、おしゃれからはほど遠く、どんなにカッコいい男子が着ても、どんなにかわいい女子が着ても、全員をもれなくダサい田舎の学生さんに変身させた。

部員は十八人で、新入生四人のための新歓コンパというのがあり、そこで瞳子はまた酒を飲んで寝てしまった。今度部屋まで送ってくれたのは三年生の新部長で、瞳子はその村上という部長にある種のあこがれを感じた。

十人以上の人間が救いがたい緑のジャージ姿でぞろぞろ歩いているところは、東京ではおそらく見かけない光景にちがいなかった。不思議なことにみな同じジャージを着ていると、虚栄心が薄らいだ。着飾ることをやめ、歩くという行為に没頭すると、自分が見えてくると気づいたのは、五月になってからだ。ちっぽけで臆病でそれでも誰かに見つけ出してもらいたいと願っている自分を、五月の晴れわたる色紙みたいな青空の下で瞳子は見つけた。

そのときちょうど村上先輩がすぐ隣を歩いていて、「柊、福沢諭吉が散歩好きだったことを知ってるか」と話し出した。「知りません」と瞳子は答える。

「諭吉は六十五歳のときに『福翁自伝《ふくおうじでん》』という自伝を語り下ろしているんだが、そこに夜は早く寝て早起きし、朝食前に一里半ばかり生徒とともに散歩をしているということが書いてある。一里半というと約六キロだ。それを雨が降っても雪が降っても年中一日も欠かしたことがなかったらしい」

村上先輩がそこで急に口をつぐんだので、瞳子は何か返事をしようと思ったのだが、何も思い浮かばない。そのとき自分の一歩一歩があまりに小さく、それがまどろっこしくて、けれどどんなにがんばってもこの足で一歩ずつしか進めないのだということがふいにわかったのだった。目を上げると遠くに山が見え、その裾《すそ》から見渡すかぎり平地が横へと視界いっぱいに広がっている。

「この道も」と瞳子は言いかけた。村上先輩はニッと笑ってうなずく。

この道をずっと昔こうして歩いた人がいたのだと思う。その一歩一歩が自分だけのものではない気がした。それは不思議な感覚だった。自分にとって新しいことも、人間にとってはなじみのものだという事実。瞳子自身が大きな物語の一部なのかもしれない。ものすごく大きな物語。

「仲いいじゃない」と後ろから愛子先輩が追いついて、「何話してたの？」と瞳子の肩に手をかけた。

「えーっと、福沢諭吉が毎日六キロ散歩してたって話です」

瞳子は肩にかけられた手の圧力から、愛子先輩が部長のことを好きなのだと推察し、さり気なく部長から離れる。

春だもの。みんな恋をする。

もちろん女子校でだって男性教師に熱を上げる子もいて、恋とはまったく無縁ではなかったけれど、ここではみんな自由に暮らしているから、好きな人にいつだって会いに行ける。すでに瞳子のまわりでもカップルが誕生し始めていた。瞳子はあいかわらずおさんぽ同好会の村上部長に淡い恋心を寄せてはいたものの、愛子先輩の厳しい牽制《けんせい》に恐れをなし、遠くから眺めているだけに終わっていた。

毎日のように大学では英語かドイツ語の授業があり、ドイツ語は一から習いながら、一方でドイツ文学講読が進んでいく。瞳子の取ったクラスではシュトルムの「みずうみ」を読み進めていた。文法もまだ習いきっていないので、予習にはひどく時間がかかった。瞳子は自分には語学の才能もないと自覚する。

文学の授業は楽しかった。ただロマンチックな気持ちで愛読していたリルケの「マルテの手記」が、実存主義的な状況小説であると言われる理由や、ホフマンスタールの「チャンドス卿の手紙」との共通点などを静かに語る教授の声に聞きほれた。よく知っている一節が他人の声にのって聞こえると、どんどん世界が広がっていく。一人の書き手の苦悩を読者が共有する。これが文学なのだと瞳子は酔った。

その一方で瞳子はとまどってもいた。あんなに嫌で吐き気がしていた物理も数学もここでは学ばなくていいと言う。自分がそれを望んでいたにもかかわらず、家族が文学を馬鹿にするだろうと思うたびに、自分に欠けているものが透けて見えるのが不安だった。世界は言葉でできているわけではない。そこには物質があり肉体があり、そして目に見えない原子やイオンや重力がこの現実の秩序を支えているというのに、いまだ瞳子はそれを実感できず、これ以上誰にも教わらないなら、実感できないまま不完全な大人になることは確実だった。

「私ね、どうしても万有引力の法則が理解できなかったのよ」

「ウソ、あたしも」

学食で沙織と会ったらそんな話になった。

「ふつうはね、悩まない。だって文系だし、虚数なんて最後まで本気で存在を否定してたぐらいだもん」

「わかるなあ」

「だけどさあ、万有引力の法則だけはちゃんとわかりたかったの」

「ああ、谷川俊太郎でしょ」

「そう。『二十億光年の孤独』」

「万有引力とはひき合う孤独の力である」

沙織はスプーンを片手に詩の一文を口にする。

「それそれ。物理で物体に働く力を習ったときに、万有引力の法則が出てきて、ついにこれでこの詩がわかるぞ、これは大事なことなんだって張り切ったのにさあ、わかんないのよ、物体に働く力が」

「ベクトルで図示せよってやつでしょ。思い出すだけでも吐きそう」

「理系コンプレックスって入試が終わったら消えると思ってたけど、最近ますます強くなってきた」

瞳子は定食の酢豚を半分残し、箸《はし》を置いて水を飲んだ。

「お口に合いませんか?」と声をかけてきたのは工藤真二だった。

「あ、工藤くん、情報処理のレポート請《う》け負《お》ってくれるってホント?」

沙織は思いがけないことを聞く。

「うん。受付はオレ、やるのは和久井」

「いくら?」

「千円」

「じゃあ頼んじゃおうかな」

開かれた大学では情報処理という科目が必修で、瞳子たちはフォートランというコンピューター言語を習っていた。課題は簡単な計算プログラム作成だったが、自分で一からコマンドを作っていくのは新しい体験で、女子の多くが手こずっていた。沙織は真二に「頼む」と返事する。

「そんなことしてバレないの?」

瞳子が心配すると、「バレるかもね」と真二は笑って答える。

「ポイントは、わかんないまま単位を取るのが恥ずかしくないかってとこだね」

たしかにこのままではレポートが提出できない。でも人にやってもらうのはどうかなと瞳子は考え込む。いままで先生に嘘をついたことなどない。嘘は悪いことだと瞳子は思っている。

「柊さん、だったら和久井に教えてもらえば?」

「教えてもらうのはいくらかな」

「昼飯一回でいいんじゃない」

「いまどこにいるかしら」

「電算室だと思うよ」

「私、次休講だから行ってみる」

瞳子は沙織と真二と別れ、デスクトップのコンピューターがずらっと並んだ電算室に入った。何人かの学生がモニターに向かっている。いつもこの教室に入ると瞳子は気おくれした。コンピューターというものが確実にこの社会に入り込み、世界を変えていくだろうことは漠然とではあるがわかっているつもりだ。そのプログラムは人間が一つずつ書いていて、コンピューターはその命令に従ってデータを処理する。瞳子が気おくれする原因は、その処理のとてつもない速さにあった。あきらかにその速さは人間の能力をたやすく超えていて、瞳子は本能的にいつかコンピューターに自分の生活を侵《おか》されるのだと思ってしまった。侵されるというよりは、仕切られる。たぶん自分はなすすべもなくコンピューターの下に生きることになる。なぜならコンピューター言語を瞳子は扱えないから。

それでもレポートの提出期限は迫っている。遠い未来より近くの現実、と気を取り直し、瞳子は部屋の中を見回した。窓際のデスクに和久井亮が座っているのが見えた。横顔が陰になって表情は見えないが、キーボードを叩く姿はまるでピアノを弾いているように見える。瞳子はそっと近づき、「和久井くん」と声をかけた。

「ああ、柊さん。レポートやってほしいの?」

「そうじゃなくて、やっぱり自分でやりたいと思って。和久井くん、教えてくれないかな、ランチおごる」

「ランチかあ、晩飯にしてくれるなら教えてもいい」

「ほんと？　じゃあ晩ご飯一回ね」

「柊さんが作ってね。で、いつやる?」

「いま、休講で時間あるんだ」

「ふむ。じゃあここ座って」と亮は言ってモニターに映し出されていたプログラムに何かをつけ足し、終了させて立ち上がった。

「どこまでやったの?」と聞く亮の声は、まっすぐ耳の奥まで届いて、瞳子はまるごと包まれるような安心を感じる。

「流れ図は書いた」

「ふむ。じゃあコマンドの基本形はわかってる?」

「ｉｆなんとかってやつ?」

「そう」

キーボードの横に亮が右手をついている。大きな手、と瞳子はつい別のことを考える。

「そこで改行ね、そう。要は、コマンドの結果を0か1かで表しなさいって命令すればいいんだよ。そうそう、ちゃんと最後にｅｎｄ」

亮の教え方はやさしくて、数学が苦手な瞳子にも理解できそうだった。

「ねえ、この先これができなかったら、時代に取り残されちゃうのかなあ」と瞳子が独《ひと》り言《ごと》みたいに言うと、「たぶんソフトは専門職のプログラマーが作って、一般ピープルはただ機械の使い方を学ぶだけになるんじゃないの」と亮は答え、「つまりコンピューターの奴隷だわな」と言って笑う。ちょっと照れくさそうな笑顔に似合わない辛《しん》らつな言葉で、瞳子は自分がぼんやり思っていたことがあながちまちがいではないのだと思った。

レポートを仕上げ、バイトがあるから終わったら部屋に寄るよ、と亮は行ってしまう。瞳子は目玉焼きと野菜炒めとカレーしか作れないので、それを全部作って亮がやってくるのを待った。

亮がやってきたのは午後十時半だった。

「ごめん、とりとめないメニューで。しかも冷めちゃった。カレーあっためるから待ってて」と瞳子は部屋に亮を招き入れると、共用スペースのガスコンロの上の鍋に火を通し、カレーをあたためた。

カレーの鍋を持って部屋に戻ると、亮が「『花邑ヒカル詩集』オレも持ってる」と本棚の前に立ったまま言う。花邑ヒカルは十九歳で夭逝《ようせい》した詩人で、まだ受験生だった頃、一部の若者に熱狂的に支持され、瞳子もその一人だった。

「柊さん、どの詩が好きなの?」と聞かれ、「あなたがはいというから」と瞳子は即答し、カレーと冷めた野菜炒めと目玉焼きを折《お》り畳《たた》みのテーブルの上に並べた。亮は座るといただきますと手を合わせてから食べ始め、「オレもあの詩が一番好きだな」と言う。

「え、ほんと? なんかうれしい。みんな『消えゆく星』がいいって言うじゃない」

瞳子が少しはしゃいだ声を出すと、「こんな時間に部屋に男連れ込んで大丈夫なの? いつもやってる?」と亮はからかうように聞く。

「和久井くんならいいと思った」

「それ、オレが安全パイってこと?」

「だって襲ったりしないでしょ」

ふんと亮は笑い、「柊さん、インスタントカレーもまともに作れないのかよ、ダマダマじゃん」と言いながらカレーをパクパク食べる。

「にんじんゴリゴリ」

「ごめんなさい、料理あんまりできないんだ」

亮はそれには答えず、野菜炒めに取りかかり、「キャベツかてー」とつぶやく。瞳子はなぜか自分のことを語りたくなった。

「うちね、病院やってるの。私、一人娘でね、当然医学部に行くもんだってまわりは思ってたしそういうふうに育てられて自分もそのつもりだったの。でもね、数Ⅲも物理もできなくて、がんばったんだけど全然歯が立たなくて、文系にコンバート。そのとき親と約束したんだ。大学四年間、好きなこと勉強したら、結婚するって。医者を婿養子に取る。病院のため。で、跡継ぎを産めってわけ」

「四年間の休暇かあ」

亮はそう言うと、目玉焼きの黄身をフォークで突き刺した。

「どうしても家を出て一人暮らしがしたくて、親を説き伏せた。まあ国立ならいいかって、宿舎あるし、自治会ないし」

開かれた大学には自治会がなかった。学生運動に疲れた大人が考えついた措置だろう。それで瞳子はべつに困らなかった。学生たちが困っているようには見えなかった。

「そうだ、前にね、コンパの後この部屋まで運んでくれたことあったでしょ。あのときに宿題って書いてあった名言、誰の？」

「名言？」

「うん。酒が人間をダメにするんじゃない。人間はもともとダメだということを教えてくれるものだ」

「ああ、立川談志《たてかわだんし》」

「落語家さん？」

うんと亮はうなずき、「おまえ、もう酒飲むなよ、強くないんだから。飲むならオレのいるときにしなさい」と瞳子の顔を見て言った。瞳子は「はい」と答える。

「瞳子ちゃんはオレのこと好きなんだろ？」

「え？」

「顔に書いてある」

「ウソ」

ウソだよ、と亮は言いながらテーブル越しに右手を伸ばし、瞳子の左頰に触れた。太い指がそっと肌を押して、そこだけが熱い。

「なんだか柊さんのこと、ずっと前から知ってたような気がするんだ」

瞳子は亮の手に自分の左手を重ねた。

「私も。和久井くんの声、いつかどこかで聞いたことがあるって思ってた」

窓の外では静かに雨が降り出していた。オレたちいい友だちになれそうだなと言い残して、亮は傘もささずに帰っていった。

その日から、瞳子は常に亮の姿を探すようになった。大学でも宿舎でも、亮を見かけると走り出してしまう。英語のLLと情報処理は必修科目で同じ授業をとっていたから、二人は並んで座った。ｗｒｏｎｇとｌｏｎｇがうまく言い分けられず、瞳子はいつも残された。ｌｉｂｒａｒｙ、ｌａｖａｔｏｒｙ、ｌａｂｏｒａｔｏｒｙと何度もマイクに向かって繰り返す瞳子を亮は笑って見ている。流れ図を前にコマンドを打ち込んでも反応しないコンピューターに向かって、頼むよおと手を合わせる瞳子を亮はめんどうくさそうな顔をして眺めている。瞳子は亮がバイトをしている喫茶店にもしょっちゅう顔を出し、バイトが終わるのを待って一緒に帰った。「そんなにくっついててよく飽きないね」と沙織に言われ、瞳子はほんとにそうだと思った。亮といるのはただただ楽しかった。

亮は歴史に詳しく夢は作家になることで、カミュの『ペスト』を愛読していた。

「この小説のどこが好きなの？」と瞳子が聞くと、「何度読んでも発見がある。隠されたものを見つけるのが楽しいんだ。小説を読む醍醐《だいごみ》味だよ。それに、無意味と知りながら最後まで闘うって、いいと思わないか？」と亮は言う。瞳子はその本を読み、亮の言っていることにうなずく。

「この先自分の力ではどうしようもないものに翻弄《ほんろう》されることがきっとあるだろう。そのときにオレたちはもう一度これを読むことになるよ」と亮が言っていたのを、瞳子はずっとあとになって思い出すことになる。「なんのために？」と瞳子が聞くと、「人間を知るために」と亮は答える。

「あなたがはいというから」は二人の合言葉になった。「あなたがはいというから」と瞳子が口にすると、「わたしはわらっていられた」と亮が続ける。同じ詩を見つけていたことだけが二人の過去だった。

夏休みが来て学生たちが帰省しても、亮はバイトに精を出し、瞳子も生まれてはじめて亮の働いている店の隣のピザハウスでバイトというものをやることになる。いつも二人がニコニコして一緒に帰るのを見て、店長は笑いながら「きみたちはきっと魂の双子なんだね」と言う。

亮は時間があるとせっせとノートに小説の断片を書きためた。瞳子はそれを片っぱしから読んで批評した。

「ねえ、これ私のこと？」と瞳子はたびたびたずねる。

「そうだよ」と亮は答える。

「私、こんなこと言わないわ」

「言うんだよ」

「いつどこで?」

「いつかどこかで」

亮の書いた文章は乾いて行儀よく、どこか哀しくて美しいと瞳子は思った。亮の心のように。

魂の双子は亮の部屋でお互いの裸を見せ合い、どこもかしこも熱心に観察した。亮は瞳子の乳房に名前をつけた。アニタとレイチェル。瞳子は亮のペニスをジョンと呼んだ。恥ずかしいと思うことは何もなかった。裸で抱き合うと落ち着いた。瞳子が眠くなると亮も眠くなった。瞳子のお腹がすくと亮のお腹もすいた。瞳子が怒りたいとき亮も怒り、瞳子が笑いたいとき亮も笑った。いままで住んでいた場所も父も母も家さえも、すべてを忘れて。

瞳子にとって亮の存在は自然なものだった。お互いがあるがままの自分をあるがままに受け入れ、なんの疑いもなく相手を信じていた。まぎれもなくそれは初恋で、けれど二人はそれが特別なことなのだと気づきさえしていなかった。

5

「今週末、人を呼んでもいい?　二人に会わせたい人がいるんだ」

息子の優斗が朝食を食べながら珍しく口を開いた。

「なに、女の子?」と瞳子は笑顔で聞く。

「まあね」と優斗は答える。背が高く体格もいい優斗は、くしゃくしゃの前髪を眉のあたりまで下ろし、切れ長の目の鋭さを少しやわらげている。彼女ができたのだろうか。女の子を呼ぶ。それも私たちに会わせたいなんて。瞳子はときめいた。

夫の進は、「それなら晩飯でも一緒に食おう」とそっけなく言って立ち上がった。「じゃあ土曜日ね」と優斗は答え、「母さん、よろしく」とつけ加えた。

瞳子たちの住まいは病院のそばのマンションの四階で、五階には瞳子の母である病院の理事長が住んでいる。一階から三階には病院の職員が住んでいたのだが、最近老人用の介護付き住宅に変わった。父の柊潤一郎《じゅんいちろう》は一昨年、院長の座を進に譲り、それからも病院で勤務していたが、その年の暮れに亡くなった。いずれは一人息子の優斗が病院を継ぐだろう。瞳子は何十年も先のことを思い浮かべようとしてやめた。優斗には望む人と一緒にさせてあげたいと思っている。半ば強制的に進と結婚させられた自分の場合を瞳子は苦く振り返った。進のことは嫌いではないけれど、自分から選び取った相手ではない。

朝食の後片づけをしながら、瞳子はリビングのサイドボードの上にある二冊の本に目をやる。どちらも和久井亮の小説で、一冊はベストセラーになった『曲がり角の彼女』だ。

それは、主人公の響《ひびき》が梢《こずえ》というやっかいな女に振り回されながら恋愛し結婚し、病気の母を見送り、失業を乗り越え、作家になるまでをつづったいっぷう変わった恋愛小説だ。発刊当初は何の反響もなかったのだが、ドラマ化され深夜枠で放映されたところ、梢という女のキョーレツなキャラクターが新人女優の怪演とともにネットユーザーの注目を集め、原作のヒットにつながった。

瞳子がその小説の存在を知ったのは四年前、波多野漠が発売されたばかりの本をフェイスブックで紹介しているのを見たからで、あわててネットで注文して届いた本をむさぼるように読んだのだった。

梢と響は六本木の映画館で出会う。「ミツバチのささやき」というスペイン映画を見に行った響のすぐ近くに梢が座っていたのだ。


〉一つ離れた右隣の女が、いつまでも顔を両手でおおったまま席を立たないので、響はその場から離れられないでいた。

上映室内には薄オレンジの小さなライトがともり、もうほかには誰も残っていない。気分でも悪いのではないかと心配になり、一歩歩み寄ると、「大丈夫ですか？」と響は女に声をかけた。女はゆっくりと顔を上げ響の顔を見る。薄明りの中でもはっきりとわかるほど彼女は美しかった。

「大丈夫です」

そう言うと女は少し笑顔になって、「ものすごく心を動かされたので」とつぶやくように続けた。響は思わず「ああ、僕もだ」と答える。

ゆっくりと立ち上がろうとした女のひざから大きなバッグがすべり落ち、響はかがんで飛び出した物を拾い集める。そして「これ持ってますから、コートを着てください」と言った。

「あ、すみません。じゃあ」

女は黒いコートをすばやく羽織りベルトをしめると手を差し出した。バッグを渡すと、ありがとうと笑う。響は急に恥ずかしくなり、いや、どうも、と言って「出ましょうか」と席を離れた。

連れだって映画館の外に出ると、女が「お茶しませんか？　それともお仕事？」と聞く。響が「いや、外回りってことになってるから大丈夫。サボってるんですよ」と答えると、「私も」と女は笑顔で言い、「ビクトール・エリセってすごいな」とつけ加えた。

「たしかに。なんだか……」

そこで響がちょっと口ごもると、女は「詩集みたいだった」とつけ加える。

「そう。その通り」

響は女の美しい唇から飛び出してきた言葉にすっかり魅了されている。無防備な横顔にぼんやり見とれていると、女が見つめ返し、「あの子のこと考えてるでしょ。アナ」と言う。

「かわいかったですもんねえ」

女の笑顔はあどけなかった。きみの方がかわいい、と響は思い、なぜか照れくさくて笑ってしまう。へ

その後二人はまた偶然本屋で出会い、地下鉄の駅でもすれちがう。梢は芸術にも音楽にも詳しく、驚くほど本好きで、もともと作家になるのが夢だった響は、すぐに虜《とりこ》になる。

ところがいざつき合い始めてみると、梢はひょう変する。響の居場所を常に把握していないと気がすまない。要求が通らないと泣き叫ぶ。ちょっとしたことですぐに傷つき大騒ぎになる。疲れきって響が別れ話を持ち出すと、梢は狂ったように罵詈《ばり》雑言《ぞうごん》を浴びせる。

大学在学中に父親を亡くした響は、母親と弟を養うために作家になる夢をあきらめ証券会社に勤めているが、母親は父が死んでからひどいウツ病に悩まされていた。何かの拍子にすぐ泣き出し死にたいと繰り返す母親に対して、梢は信じられないほどのやさしさを見せる。誰にも心を開かなかった母が、梢にだけは少しずつ向き合う様子を見せ始め、響は梢の献身的な姿に打たれる。梢の狂気はすっかりなりをひそめ、母のためを考えて響は結婚を決意する。

バブル景気で証券会社の給料はうなぎのぼり。響は家を買い、病んだ母を真ん中につかのまの

しあわせを味わう。しかしバブルがはじけて証券会社は倒産。失業した響は職探しを始めるが、それと同時に梢の「いまどこにいるの？」というしつこい電話に悩まされ始める。なんとか電化製品の量販店に勤め始めるが、収入は激減し、家のローンが重くのしかかる。梢は生活が苦しいと泣き、ときにヒステリーを起こし、母は死にたいと繰り返す。慣れない販売員の仕事に疲れ、責める梢に疲れ、泣く母に疲れ、響は追い詰められていく。救いは読書と妄想。すべてから逃れて作家になりたいという気持ちが募っていく、その中で梢が妊娠し、響は途方にくれる。そんな響を見て梢の怒りは嵐のように吹き荒れ、不幸なことに流産してしまった後は、何事もなかったかのように母をやさしく看病する姿に響は恐怖すら感じる。

そして母が死に、捨てられるのではないかと恐れて梢はまるでストーカーのように響につきまとう。仕事にも支障をきたし、響は悩んだ末仕事を辞め作家になることを決意し、梢に別れを切り出した。しかし梢は、私が代わりに働くからがんばって、と天使のように微笑み、さっさと働き出すのだった。

三年が経《た》ち、五年が経ち、十年が経ち、証券会社に勤めていた頃担当した客で小さな出版社を営んでいた男のおかげで、ようやく響の小説が本になる。物語はそこで終わる。

特別なしかけは何もないのに、瞳子はその物語に引き込まれた。「とびきりの美人」で「豊かな感性」と「旺盛な批評精神」と「独特の世界観を持った」梢という女はじゅうぶんに魅力的で、彼女の見せる悪魔のような顔から目が離せなくなったのだ。

瞳子は梢のモデルが存在するのかどうかが気になった。響のように、亮がその女を愛していたのかどうかも。

その疑問はかなり経ってから解けた。ドラマが話題になり、本が売れ始めると、あちこちに亮の記事が出るようになり、インタビューで亮は梢のモデルが自分の妻であること、物語は実話をベースにしたものであることを明かしたのだ。

実話がベースになっているという情報が加わると、亮の妻にも光が当たり、彼女がほんとうにとびきりの美人だったので本はさらに話題を集め、二年かけてじわじわと売れ続けた。

妻を愛しているし感謝している、と亮が言っているのを知ると、瞳子はなぜか違和感をぬぐい去ることができなかった。『ペスト』が好きだった亮が、こんな小さな私的な物語を、体験をもとに書いたということがしっくりこなかったのだ。

売れたことがしっくりこなかったのかもしれない、と瞳子はいまになって思う。とにかく本が売れ出して亮の顔写真がちらほらと新聞や雑誌に出始め、それがオンラインページに掲載され始めると、瞳子は検索がやめられなくなった。そして亮の写真を探した。

写真の中の亮は年を取っていて、あたりまえのことなのに瞳子はそれが妙にうれしかった。長いこと会わないでいる間に亮も自分と同じように老いていたのを知って、亮とどこかでばったり会っても気おくれすることはないのだ、と自分に言い聞かせる。

どこかでばったり会う？　瞳子はそんなことを考えている自分に気づくと、ひとり赤面した。しかし映画化が決まり、国民的美人女優が梢を演じることが発表され、さらに本が売れるにつれ、亮が手の届かない世界に行ってしまったような気がして瞳子は落胆《らくたん》した。いままでだって、手の届くところにいたわけではないのに。

ところが、一年前に出た亮の本はたいして話題にもならなかった。

『陽のあたる場所』という二作目の小説は、いくつもの短編でできていて、ゴミ集めをして働く貧しい青年が、ゴミの中に他人の生活の断片を見つける話で始まる。筋らしい筋はなく延々とゴミとそれにまつわる人の細かな描写が続く、いわゆる純文学作品で、売れているという話は聞いたことがない。

汚れ物を洗濯機に放り込み、お掃除ロボットを動かして、瞳子は二冊目の本を手に取り、ソファに座った。

主人公の青年はゴミ置き場から収集車に放り込む一瞬の間《ま》に見た、半透明のゴミ袋の中のゴミについて想像をめぐらせる。

〉卵形の薄汚れたスポンジ。おそらくそれは彼女のコンパクトの中のファンデーション用のパフだったであろう。隣り合っていたのは分別されていない安物のカップラーメンの紙カップと煙草の吸《す》い殻《がら》。

彼女は夕方の一時間西日がさすだけの安アパートに住んでいる。部屋に鏡がある。傷だらけの柱につるされた一枚の鏡。朝七時に彼女はその鏡に向かって化粧をする。もう若くはない自分の素顔を見ないですむように、たんねんにパフでファンデーションを塗る。

出かける先は、その部屋より陰気で薄暗い場所だ。そこには顔色の悪い猫背の女たちと土砂降りの夜のようなにおいを放つ男たちがいて、一日中電話を受け続ける。ただ繰り返し申し訳ありませんとだけ口にする。着信音が鳴り受話器を取りあやまる。それが延々と続く。賃金は最低だ。

そのうちまた夜が来る。家に戻った彼女はカップラーメンを食べそのカップを灰皿に煙草を一本吸う。判で押したような一日。特別なことは何も起こらない。死ぬまで何も起こらない〈

お掃除ロボットがゆっくりと部屋の隅《すみ》で回転し、こちらに向かってくる。和久井亮、どうしているかな、と瞳子は思いながら立ち上がる。本を手に持ったままキッチンへ行き、コーヒーメーカーでコーヒーをいれる。コーヒーの香りをかぐと、その本を買ったときのことを思い出した。

あの日、本屋でその本を買った帰りにカフェに寄った。一人で窓際の席に腰かけて外を眺めながらコーヒーを飲んでいたら、進が見えたのだ。思わず手を振りそうになったとき、隣に女性がいるのに気がついた。二人はとても自然に並んで歩いていて、進の横顔が笑っているのを瞳子は見てしまった。家族にはめったに見せないような、やさしいぬくもりのある笑顔だった。

ただ患者さんのご家族だったのかもしれない。医者仲間だったのかも。そう思ってずっと忘れたふりをしてきたけれど、瞳子は二人の間にあった空気が何であるか薄々わかっていた。

ポットからカップにコーヒーを注ぐ。あのとき夫に駆け寄って女に挨拶をしていたらどうなっただろう、と瞳子はときどき考えた。そして、そんなことをしても無駄なのだと思いなおす。そんなことより、土曜の夜の献立を考えなくちゃ、と瞳子は一人でつぶやき、亮の本をサイドボードの上に戻すと、キッチンの本棚からおもてなし料理の本を選び出した。

土曜の夜、七時に優斗に連れられてやってきたのは来栖加奈子《くるすかなこ》という二十二歳の女性だった。七分袖《しちぶそで》の白いワンピースを着た加奈子は、切れ長の目がどこか優斗と似ていて、瞳子は好感を持った。大学を出たばかりで、在学中からアルバイトをしていたスポーツジムでインストラクターとして正社員になったという。優斗はそのジムの会員で、一年ほど前に知り合ったらしい。どうりで引《ひ》き締《し》まったからだつきをしている。

「なんだか彼女とはずっと前からの知り合いみたいでね、女性が苦手なはずの僕がすぐにうちとけた」

そう話す優斗は、いつになく笑顔を絶やさず、やり手の若手外科医の顔を封印している。控えめで、それでいて明るい表情を絶やさない加奈子は、瞳子が腕によりをかけて作った料理をおいしそうにたいらげていく。

食事が終わり、リビングに移動して、瞳子は得意のクレームブリュレと紅茶をテーブルに運んだ。

「わあ、おいしそうですね」と加奈子はうれしそうに言う。

「どうぞ召し上がれ」と瞳子はお皿を差し出す。

「もう向こうのご両親にはお目にかかったのか」

いままで黙っていた進が口をはさんだ。

「うち、母がいないんです。幼いときに病気で亡くなって、私にはほとんど記憶がなくて」

「じゃあお父様お一人でお育てになったの？　ご兄弟は？」

「いません。父と私だけです」

「お父様はどんなお仕事なさってるの？」

「画家なんです。売れないんですけど油絵を描いてます」

「まあ、芸術家。すばらしいわね」

「母さんは芸術が好きだもんな」

優斗は瞳子の発言に満足しているようだ。瞳子は単純にうれしかった。

「正式につき合うなら、早くお父上のところへ顔を出してこい」と進は言うと、呼び出しがあったと言って出ていった。

加奈子はクレームブリュレをすごくおいしいときれいにたいらげ、紅茶を飲むと「ほんとにお腹いっぱいです。すてきなディナーをありがとうございました」と言って帰っていった。優斗は送っていくと一緒に出ていった。

「すごくいい娘さんだったわ」

電話で息子に彼女を紹介されたことを話していたので、座るなり沙織が「どうだった?」と聞いたのに瞳子は答える。久しぶりに沙織から電話がかかってきて、出かけていった店は、古めかしい内装の喫茶店だった。窓際のテーブルに沙織と工藤真二が座っていて、瞳子は亮がいないことに少しがっかりする。

「すごいなあ柊さん、ちゃんと子ども産んで育ててさ。オレも沙織も和久井もみんな子どもなしだぜ」と真二が笑いながら言う。

「そうだよ、すごい。あたしなんて絶対育てられないと思って産まなかったんだもん。子ども持つなんて恐怖以外のナニモノでもないよ」

「やだ、大げさね。みんな産んで育ててるわよ」

瞳子は少しきまり悪くなり、コーヒーを頼む。

「みんなそうじゃないから、子どもが減ってるんじゃない」

沙織が飲んでいるのがアイスティーではなく水割りだと気づき、瞳子は思わず腕時計を見た。まだ午後三時過ぎだ。

「ねえ、それお酒?」と聞くと、「そうよ」と沙織は答え、「ここなら昼間からビール以外のものが飲めるのよ。喫煙席もあるしね。だからお子ちゃまはいないし」と笑った。

「柊さんはあいかわらず酒弱いの?」と真二が聞く。あらためて見てみると、真二が飲んでいるのはたぶんシャンパンだ。

「弱い。父は大酒飲みなんだけど、母は下戸《げこ》でね。そっちの遺伝かな、寝ちゃうのよ」

「そうだった。はじめてのコンパでぶっ倒れて和久井くんにおんぶされてたよね、思い出しちゃった」

「バク睡してたんだよね、あのとき。みんな未成年だったから、急性アルコール中毒だったらどうしようって幹事はヒヤヒヤだったんだぜ」

「そうなの？　ごめんなさい。あのときのことはほんと、なんにも覚えてないのよ。気づいたら自分の部屋のベッドで、机にはみんなの書き置きがいっぱい」

「あのとき、すでに和久井くんは瞳子に気があったのかもね。かわいかったもん瞳子」

「そっかなあ」

「ほんとに仲良かったよね。オレらがマージャンしてるところへ柊さんが来てさ、ねえ和久井くん、中があるってことは上とか下もあるの？　なんて聞いちゃってさ、あいつの手がバレたり、差し入れしてくれたせんべいがお上品に一枚ずつ袋に入っててさ」

「『だめだよ柊さん、マージャンやってるんだから片手で食べられるものじゃないと』って波多野くんに言われたり」と瞳子はうれしそうに続ける。

「じゃんけんに負けて亮と二人でラーメン作ることになって、ゆですぎたラーメンをあわててザルにあけたら、瞳子、スパゲティじゃないんだからって言われて、全然意味がわからなかったり」

「まさか瞳子、インスタントラーメン作ったことなかったの？」

「ないない。お料理したことなかったもん」

「それが息子のガールフレンドを家に招いてごちそうをふるまうようになるんだから、人間って成長するんだねえ」

沙織は水割りのおかわりを注文する。

成長？　瞳子は何気ない沙織の言葉にひっかかった。ラーメンを作れなかった自分よりクレームブリュレを作れるいまの方が優れているのだろうか。ほかに私は人生から何を学んだだろう。じんわりと下腹にぬるい締めつけを感じて瞳子は考えるのをやめる。亮にまたいじわるを言われる気がする。

「何かあったの？　昼間っから飲むなんて」と瞳子が聞くと、「半月ぶりに窯元《かまもと》から我が家に帰還したところなんだ。出所祝いよ」とグラスを掲げた。真二がシャンパングラスをそれに合わせ、カチッと音がする。

「柊さんは知らないだろうけど、二人が別れてから和久井、大変だったんだぜ。毎晩大酒くらってクダ巻くし、昼間は寝てるし、部屋はゴミためみたいになっちゃって。クリスマスイブにさあ、やっぱりもう一回話すって部屋訪ねるのにオレついていったもん。柊さんいなくてさ、で、なんか置いてったんだよ、なんだっけ」

「もしかして、緑のキャンドルじゃない？」

瞳子はドアの前に置かれていたキャンドルグラスを思い出した。あれは亮が持ってきたんだ。

「まあねえ、瞳子が悪いよ」と沙織はグラスを揺らす。

でも、と瞳子は言おうとしてやめた。

「そろそろ来るはずだけどなあ」と真二が言うので、「和久井くん、来るの？」と瞳子は聞く。

「うん。近くだもん。声かけたら、昼から打ち合わせがあって、終わったら行くって言ってた」

と沙織が答える。

瞳子は窓の外に目をやった。亮にまた会えると思うと単純にうれしかった。

「喜んでるな、瞳子。わかりやすいねえ」

沙織がひやかすのできまりが悪くなり、瞳子は真面目な顔でコーヒーを飲んだ。コーヒーはとっくに冷めていて、香りがすっかり抜けてぬめりだけが舌に残る。

「あんた、家庭はうまくいってんの？」と沙織はたたみかけてくる。

「それなりに」と瞳子はかわす。

「いい答えだねえ、それなりに、か。オレもまた結婚したいなあ」

バツイチの真二がそう言ったとき、窓の外に亮が見えた。肩をいからせて少し前傾して、まるで向かい風に闘いを挑《いど》むみたいに一歩ずつ踏み込んで、どこか破れかぶれな、独特の歩き方。ちっとも変わってないその歩き方を見た瞬間、私、やっぱりこの人が好きだ、と瞳子は思った。

店に入ってきた亮はすぐに瞳子たちに気がつき、「昼間から酒かあ、いいね」と座るなりウオッカを注文する。「おまえくしゃみしてなかった？」と真二が聞き、「なに、噂《うわさ》してたの？」と亮は沙織の顔を見る。「まあね」と沙織は答え、「瞳子の息子に彼女ができたんだって」とつけ足す。

「へえ」

そう言った亮はそのときはじめて瞳子を見た。

「でね、子どもを産んで育ててるなんてすごいねって、ほめてたのよ。ほら、あたしら揃いも揃って三人とも子どもがいないじゃない。オリジナリティって点から言えば、子どもってどんな芸術より上だよね」

沙織は少し酔ってきたみたいだった。亮は白いシャツにデニムという恰好で素足にサンダルだった。偶然瞳子も白いシャツを着ていて、急にそれが恥ずかしくなる。

「たしかに、子どもって親のコピーだけど、ただのコピーじゃないもんなあ。二人の遺伝子を半分ずつもらって新しいブレンドを作り出すわけだろ」

「茶碗作るのとはワケがちがうよ」

真二と沙織がさかんに子どものことを持ち上げるのを、亮は瞳子の顔を見ながら聞いている。

「だからべつにすごくなんかないって。家じゃあ一人しか産まなかったこと、責められてるくらいだもの」と瞳子は小さな声で言い返した。

「何怒ってんの？」

亮が口を開く。

「何も怒ってないわよ」

瞳子が口ごもり、沙織は急に黙ってしまった。亮が新しい煙草に火をつけ、煙をふっと吐き出す。その煙に視線をやったまま、「瞳子の子なら、かわいいんだろうな」と亮は独り言のように言った。

「かわいいって男の子だよ。それももう立派な大人。外科の先生なんだって」と沙織がすぐに反応する。

「立派な大人」

つっかかるような亮の口調に、「私、そろそろ帰る」と瞳子は立ち上がった。バッグから財布を出し千円札をテーブルに置いて、「じゃあまたね」と沙織に言って店を出た。

店の外はあっけらかんと晴れて、騒音が頬をなでる。亮は出て行く私の背中を見ていただろうかと瞳子は思う。怒っていたわけではない、いたたまれなかっただけだ。亮と子どもの話なんてしたくなかった。

早足になると瞳子の肌はすぐに汗ばんでくる。急いでいるつもりでもたやすく若者に追い越されて、自分の一歩が前よりずっと狭《せま》くなっているのだとわかり、ふいにせつなくなった。ずいぶん遠くへ来たつもりでいたのに、ちっとも前へ進んでいない気がした。

6

裏切ったのは瞳子の方だった。

亮の隣の部屋の男を好きになったのだ。

その男は秀吉《ひでよし》というふざけた名前で、亮と仲がよく、しょっちゅう亮の部屋に来ていた。瞳子もすぐにうちとけた。よく深夜に三人で亮のラジカセをかけて、あの歌が好き、この曲が好き、と言い合った。秀吉は亮のギターを弾きながら、瞳子のリクエストした曲を歌った。少しかすれたいい声だった。

亮がバイトのあと、情報文化論を専攻している先輩の研究の手伝いに行くようになったのは、冬が近づいた頃だ。山からおりてくる冷たい北風に負けて、早々と亮はこたつを買い込み、部屋の真ん中に置いた。授業が終わると瞳子は予習のためのノートと教科書と辞書を持って亮の部屋へ行き、こたつにあたりながらドイツ語の小説を和訳する。そのうちサークルの終わった秀吉がやってくる。工藤や波多野、飯塚もよく顔を出した。ラーメンを作って食べたり、ときには酒盛りになる。部屋の主の亮はバイトから先輩のところへ行ったきり帰ってこないので、そのうち秀吉と瞳子の二人が残される。

二人はこたつに向かい合って座り、寒いね、とか、亮遅いね、とか言いながら亮を待つ。秀吉は自分の部屋からカセットテープを持ってきて、瞳子に好きな歌を聞かせた。さだまさしとか風とかユーミンとか中島みゆきとか、およそ当時の大学生なら知っているであろう青春の歌を、瞳子は秀吉に教え込まれ染まっていった。それらの歌は歌詞が等身大にリアルで、共感を呼ぶ具体的な物語性を持ち、ブリティッシュロック好きの亮の好みからは遠かった。

亮が明け方まで戻ってこないので、秀吉と瞳子の話す時間はどんどん増えていった。互いの過去をほとんど語り合わなかった亮とちがい、秀吉は複雑な家庭環境に育ったことを少しずつ瞳子に打ち明けていった。

「僕の父親はある日いなくなっちゃったんだ。僕が中一のとき。母親は病弱でね、僕らは親戚の家をたらいまわしにされた。高校出るまで六回引っ越ししたんだ。どこの家でも邪魔者扱いだったから、朝早く学校に行って、放課後は夜遅くまでマクドナルドで勉強した。いつもお腹がすいていて、それが一番情けなかった。家に帰ると部屋に布団が敷いてあって、母親が寝てるんだ。あたしさえ死ねば秀吉は自由だよって言うのが口グセだった」

「お父さんはなんでいなくなったの?」

「会社の金を横領してたんだ。おばあちゃんが穴埋めして警察沙汰《ざた》にはならなかったけれど、父親がその金を何に使ったのかは誰にもわからなかった。僕たちのためじゃないことだけは確かだね」

素直な瞳子はその話を疑うことなく信じ、すっかり魅了されてしまった。幼稚園から高校まで、瞳子のまわりに貧しい友人はいなかった。どの家族も裕福で円満に見えた。不幸な話に、文字通り不幸な話に、免疫がなかったのだ。

瞳子は秀吉に同情した。自分に比べてずいぶん苦しい目にあってきた男を尊重せずにいられなかった。瞳子には比べうる現実が何もなく、秀吉の過去は通俗的な小説のストーリーと同じ構造で迫ってきたからだ。おまけに秀吉は小説の登場人物とはちがい、リアルな人間だった。苦しい体験によってひどく屈折したその精神と表現方法は、素通りできない魅力を持っていた。

考えるまでもなく、瞳子は亮といるよりはるかに長い時間を秀吉と過ごすようになっており、「僕の言うことが全部ほんとうのことだなんて思わないでね。だって僕は嘘つきだから」と言われるたび瞳子の心は亮から秀吉に傾いていった。

危機を感じた瞳子は、ある日夜明け前に帰ってきた亮に、もっと自分といてほしいと頼んだ。

「だけど先輩の手伝いをすると、すごく勉強になるんだよ」

「私と先輩とどっちが大事なの？」

そういう通俗的な質問をするようになった瞳子は、もはや魂の双子とは言えなかったのかもしれない。亮は不思議そうな顔をして、「そんなのどちらかを選ぶなんてできないよ。もちろん瞳子のことは大切だけど」と答える。

「選んでよ、そうじゃないと私」

「そうじゃないと私、なに？」

「秀吉くんのところへ行っちゃうよ」

亮はポカンとして何も言わない。

「いいの？」

「なんでそこで秀吉が出てくるの？」

「亮がいない間、ずっと秀吉くんがここにいたんだよ」

「だからなんだよ」

「好きになりかけてる」

「誰が誰を？　まさか瞳子があいつのことを好きになりかけてるって言うの？」

「そうだよ。だって」

「もういい」

亮はそう言うと部屋を出ていった。瞳子はしばらく亮の部屋で亮が帰ってくるのを待っていたが、夜が明けても亮は帰ってこず、しかたなく自分の部屋に戻った。

瞳子は秀吉としばらくつき合い、さらに多くの歌を教わったが、亮と接するようには秀吉に接することができず、同情や憐《あわ》れみを隠すために自分をつくることを覚え、そして少しずつ疲れて春が来る前につき合うのをやめた。

年度が変わり、亮と秀吉は別の部屋へ引っ越していった。瞳子の評判はガタ落ちだった。カレシの隣の部屋の男とデキてしまったのだから、男子たちは全員亮の味方についた。人でなし、と瞳子に面と向かって言った亮の友だちもいた。世間知らずのお嬢様で通っていた瞳子のイメージに似合わない行動を、モラルの側から批判したわけだ。批判された瞳子は、クラスの仲間と縁が切れた形となった。和久井亮と疎遠《そえん》になったことは言うまでもない。

秀吉と別れてから、ろくに授業にも出ず、おさんぽ同好会もやめ部屋に引きこもっていた瞳子は、ある朝はたと、残り三年しかないことに気がつく。四年間の休暇のうち一年がもう過ぎてしまっていた。

瞳子は沙織を探し、野球部の応援に連れていってくれるように頼む。

「なんで？　いったいどうしたっていうの。まさか私以外に友だちがいなくなっちゃったんじゃないでしょうね」

「いなくなっちゃった。飯塚くんに人でなしって言われて、外に出るのも嫌になった」

「あの男はどうしたの？」

「別れた」

「おやおや。和久井くん、そのこと知ってるの？」

「わからない」

「まあ、知らせる義理はないわよね。飲んだくれてるみたいだけど、関係ないか」

しかたがないなあ、と言いながら、沙織は試合の日程表を売店でコピーして瞳子にくれた。

「目標は一部昇格だからね。それから選手には手を出さないでよ」

「手を出す？」

「瞳子、惚《ほ》れっぽそうじゃない」

「そうかな」

「抱きつく前に三秒考えてね」

「わかった」

試合は土日で、まず学園都市からバスで街へ出て電車に乗り、東京を通過して関東近県の小さな球場まで半日かけて移動する。試合相手の大学の球場のこともあれば、その近くにある市民球場のこともあり、チケットは有料だった。

沙織にくっついて大学の名前の入った緑のジャージを着てスタンドに陣取ると、瞳子は野球というものに魅入られた。それは物語を作るスポーツで、個々のプレーは詩のようだった。グラウンドに立つ選手はもちろんのこと、スタンドにいる観客もすべての人が、白い小さなボールのゆくえを必死で追う。牛革を縫い合わせて作られる硬球の縫い目が百八つであることも瞳子を感動させた。百八は煩悩の数と同じだ。選手はそれを投げ、打ち、受ける。物語が生まれるのを瞳子は待った。勝っても負けても野球は語りかけるのをやめなかった。ボールを追ううちに孤独がいやされていった。万有引力の法則さえ少しわかりかけた。空に向かって打ち上げられたボールは必ず落ちてくる。そしてそこにはグラブが待っていた。

平日にも瞳子は東京に出かけていった。家から離れたくてこの「陸の孤島」と呼ばれる学園都市に移り住んだのに、知りたいことができたのだ。瞳子はハマトラやニュートラやイタリアンブランドに身を包んだ東京の女子大生にまじって、他の大学の授業をこっそり受けた。その頃ブームになりかけていた小劇場の公演を見て歩いた。ぎゅうぎゅう詰めの客と一緒に床に座って、複雑な構造のストーリーを浴びた。瞳子は同世代の人が新しくステキなものを生み出しているのだと知るとあせった。自分は一通りドイツ語の文法を習っただけだと思うと、瞳子は努力の足りなさを痛感した。

瞳子はまた授業に出始めた。ただ聞いているだけでは心もからだも通り過ぎてしまう先生の声も、自分で問題を見つけようと努めて耳を傾けると、急に奥行きを増した。それは知っている。それは知らない。どうして？　なぜそうなる？　そう考えるのか。私なら。

自分はどう考えるかと問うとき、瞳子はしばしば亮のことを思い出した。亮ならなんと言うだろう。私が立てた問いになんと答えるだろう。瞳子は亮の出す答えなら、どんな答えでも信じられるような気がした。それを不思議に思った。

ポール・マッカートニーが成田空港で大麻所持により逮捕され強制送還されて始まった一九八〇年は、松田聖子がデビューし、「なんとなく、クリスタル」が世に出た年だ。瞳子たちは三年生になり、野球部は一部に昇格した。東海大の原辰徳はドラフトで巨人に一位指名され、瞳子は宿舎を出て大学のそばのアパートに引っ越した。女の子ばかり十人が住むアパートは二棟に分かれた平屋で、六畳一間。入口に流し台がついていて、トイレと風呂が共同だった。

一年のときに犯した罪を許したのか、その部屋にはいろんな友だちや友だちの友だちがやってきて、勝手に上がりこみ勝手に飲み食いして勝手に泊まっていった。瞳子はサイフォンでコーヒーをいれ、お客はロイヤルコペンハーゲンのカップアンドソーサーでそれを飲んだ。そしてバカラのグラスに瞳子お気に入りのカティサークを注ぎ、勝手に酒盛りをした。その中の男を好きになると、瞳子は積極的に告白してつき合い、飽きると別れるということを繰り返した。日本はモスクワオリンピックをボイコットし、イラン・イラク戦争が勃発。山口百恵が引退し、十二月にジョン・レノンが銃殺された。

亮は瞳子のところから歩いて十分のところにあるアパートに先輩と二人で住んでいた。授業は適当に代返を頼み、バイトに明け暮れ、大酒を飲んでいるらしい。伝え聞く亮の弱さは瞳子の胸を刺し、密かな喜びをもたらした。何かの折に出くわすと、亮は必ず憎まれ口を叩いた。

八一年にはスペースシャトルが打ち上げられた。エイズが発見され、ダイアナ妃がチャールズ皇太子と結婚し、寺尾《てらお》聰《あきら》の「ルビーの指輪」と五輪《いつわ》真弓《まゆみ》の「恋人よ」が大ヒットする。

四年生になった瞳子は、打算を胸に医学生とつき合い出した。もしもこの大学で未来の結婚相手をつかまえられたら、それは家族にとっても喜ばしいことにちがいなかった。瞳子の大学の医学専門学群は国家試験でもほとんど落ちる人がいない。そして裕福な家庭の人が多く、つき合うのに気をつかう必要がなかった。けれど知り合う医学生たちはたいてい文学をハナからバカにしていた。なんの役に立つかわからない、と瞳子の部屋の本棚に並んだ小説や詩集を見て薄ら笑いを浮かべ、要するに小説なんて暇つぶしじゃないの、と言った。瞳子はとくに反論しなかった。読まない人に面白味をわかれというのは不可能だ。しかしつき合い続けることは無理だった。

文学を学んでいくうち、瞳子の中で考えたい問題はだんだん一つにまとまっていった。

「文学と生活の関係を研究したいと思います」

瞳子は担当教官に自分の希望を話した。

「具体的に説明してくれるかな」

「はい。『若き詩人への手紙』が素材です。リルケの描く理想の詩人像と、いったいそれで詩人は生活していけるのか、生活は邪魔なのか、生活のない文学とはなんなのかを私は知りたいです」

「それは、永遠のテーマだな」

教官はそう言うと椅子を少し回転させ、八階の窓から外を眺めながら、「てっきり僕はきみが『神様の話』をやるんだとばかり思っていたよ」とつぶやいた。瞳子は「どうしてですか？」と聞き直す。

「ある種の純粋さをきみに感じていたからかな。だからきみが文学と生活なんていう現実的なある意味世間慣れしていなければ答えを出せないような問題を選んだことに、少し驚いている」

ヒントをくれたのは、シンガーソングライターの佐野元春なんです、と言おうとしてやめた。教官は、佐野元春がある歌の中で「生活」を「うすのろ」と呼び、愛に敵対するものとして憎んでいることなどまったく知らないだろうから。

ヒントはあらゆるところにころがっているのだ、と瞳子は思う。リルケなどもう古いと言うのは簡単だろう。時代はポップであること、叙情的《じょじょうてき》であること、意味をこわすこと、断片を断片のまま受け止めること、哲学することにもはや意味はないこと、何もかもがからっぽになっていくことを叫んでいた。しかし瞳子にはそれらがすべて一つのことを指しているように思えた。どんなやり方をしても文学は人間のある側面を描くことしかできないということ。そして人はある側面だけではできていない。

瞳子は就職活動をしなくてよかったので、ずいぶん早く卒論に取りかかり、みんなより早く提出することになった。

口頭試問に合格し、すべてが終わってしまうと、瞳子は深い虚脱感に襲われた。瞳子とつき合った医学生の言う通り、この先、小説は暇つぶしとしてしか自分の人生には関わってこないのではないだろうかとさびしい気持ちになった。

大学を去る日が近づいてくると、瞳子は思い出の詰まった場所を歩いた。一、二年のときに住んだ宿舎にはもう別の人が住んでいた。キムさんもリーさんもワンさんもアビゲイルももういなかった。瞳子は亮のことをなつかしく思い出した。学食はあいかわらずたまねぎの多いカレーの匂いがした。図書館の個室に持ち出し禁止の画集を運び、何時間もかけて眺め続けた。担当教官の部屋にも何度も遊びにいった。大教室にも小さな教室にも行ってみたが、教室はよそよそしかった。

そんなある日、亮がアパートにやってきた。真二が一緒だった。二人はきれいに髪を短く切っていて、もう新入社員みたいだった。瞳子はサイフォンでコーヒーをいれた。ぽかぽかと日差しのあたたかい日で、南側のサッシを全開にしていたので、二人は部屋のへりに縁側みたいに腰かけ、コーヒーを飲みながら進路について話した。真二は大手の広告代理店に内定していた。亮は証券会社に決まったと言う。瞳子が驚いて「なんで？」と聞くと、「オヤジが去年死んで、オレが稼がなくちゃならなくなったんだ。母親が心を病んでてさ、寝込んでるから」と答えが返ってきた。

亮は瞳子の本棚を見て「あいかわらず役に立たない本、読んでるんだな」と冷たく言った。

「ひどい、役に立たないなんて」と瞳子が思わず言い返すと、「そうだろ。小説と詩集ばっかり。おまえ四年間なに勉強してたんだ。世の中どんどん変わってるんだぜ」と厳しい言葉が戻ってくる。真二が「ケンカするなよ」と笑いながら亮の肩を軽く叩いた。そして「オレ用事あるから。コーヒーありがとう」と行ってしまった。

残された亮は黙っている。「ねえ、昔の亮の部屋に行ってみない?」と瞳子が言うと、亮は「なんで?」とぶっきらぼうに聞き返す。

「あそこで話したいことがあるのよ」

「ここで話せよ」

「行こうよ」

瞳子が靴《くつ》を履いて部屋を出て歩き出すと、亮もしぶしぶついてきた。二人は黙って大学に向かい、そこから自転車のあふれる道をたどって宿舎に着いた。

亮と秀吉の住んでいた棟に入り、亮の部屋の前に立つ。瞳子がノックする。返事がない。亮がドアノブをまわしたら簡単にドアが開いた。中はからっぽで、マットレスがむき出しのベッドと、ロッカー、灰色の机と椅子、本棚が隅に寄せてあった。亮は中に入ると、なつかしいなと言いながらベッドに寝ころんだ。

「ごめんね」

瞳子はベッドの端に腰かけ亮にあやまった。

「何が？」

「私、ちゃんとお別れも言えてない」

「お別れか」

亮は天井を向いたまま言う。

「たぶん誰より亮が私をわかってくれたのよ」

「よかったじゃん、離れられなくなってたらもめたぜ。オレは医者にはなれないもん」

つっかかってくる亮の言葉にはまだ皮肉がまじっている。

「作家になるのはやめたの？」と聞くと、「やめた。そんなこと言ってられる状況じゃなくなったんだ。母さんは入院の必要があるらしいし、弟、大学にやらなくちゃなんないしね。証券マンになりますよ」と亮は自嘲《じちょう》ぎみに言う。

「生活に負けるのね」

「そう。生活がいつもすべてを台無しにするんだ」

「生活と文学か。私はそれについてずいぶん考えたわ。だって卒論のテーマだったから。人は生きていくために働かなくちゃならないわけだけど、リルケはそれをクソみたいなことだと思ってるのよ。仕事だとか家事だとか社交だとかを一生懸命やることが大事だと思うことによって、人は真実から目をそむけてるってね」

「えらく辛らつだね」

「でもほんとにそれって大事なことなんだと私は思うの。みんなに話して回りたいくらい」

「伝道師かよ」

うふふ。瞳子は窓で四角く区切られた空を眺めながら笑う。

「でもね、卒論を書きながら思ったの。詩人はそうやって生活の皮を一枚ずつはいで真実を見出すんだとしたら、作家はね、真実に一枚ずつ服を着せていくのかなって。そうやって物語を作るのかなって」

亮はしばらく黙っていたが、やがて「そうかもな」とつぶやいた。

「でも重要なのはそこじゃないのよ。もし私の思っている通りだとしたら、詩人は詩を書きながら真実にたどりつけばいいわけでしょ。でも作家は」

そこまで瞳子が言うと、亮は起き上がり、「作家は先に真実にたどりついてなくちゃならない」と続けた。

「そう」

「そいつは大変だ」

「でしょ」

瞳子の肩に亮があごをのせた。

「それを言いたくてここに来たのか？」

「うん。いつか亮は小説を書くでしょ。その前に真実にたどりついてなくちゃならない」

「そりゃあなんていうか、楽しみだな」

「うん。書いたら一番最初に私に読ませてね」

「なんでおまえにそんな権利があるんだよ」

「だよね。そんな権利はないない。ごめん」

「ちゃんと金払って買えよ、オレの本」

亮はそっと瞳子のからだに後ろから腕をまわした。

「うん。これから私はそれだけを楽しみに生きていく」

瞳子は腰にまわされた亮の腕に手を重ねた。

「さびしいこと言うなよ。瞳子の未来は明るいじゃないか。さんさんと太陽の光が降り注いでる」

すぐ耳のそばで亮の声がして、その声に包まれると頼りないからだの輪郭《りんかく》がほどけ、瞳子は亮と二人ぶんのたしかな重みをやさしい気持ちで感じることができた。この穏やかな安心感を自分から手放し、もう二度と手に入れられないのだと思った。

「ねえ、亮のお誕生日にお寿司を食べに行った帰りさ、畑の中歩いてて『いま暴漢かなんかが出てきたら、オレ、全力で戦っちゃうんだけどな』って言ったの覚えてる?」

「覚えてない」

亮は腕をほどき、自分の腕に重ねられていた瞳子の手に触れる。

「あれ、私がいままで人に言われた中で一番ステキなセリフだと思う」

「ずっと守ってあげられずに、ごめん」

亮があやまることないよ、と瞳子は言いたかったけれど、いつのまにかあふれてきた涙で声にならなかった。四年間の休暇が終わっていった。

7

夫の進が、来栖加奈子はダメだと言い出したとき、それは彼女がジムのインストラクターだからか、あるいは父親が売れない絵描きだからかだと瞳子は思い、でもいい娘さんだったわよとやんわり言い返した。

「優斗は今日、夜勤なのか」と進が聞くので、「そう聞いてますけど」と瞳子は答える。進はめったに飲まないブランデーをグラスに注いで一気に飲み干すと、二杯目をいれグラスを片手に持ったままリビングを歩き回り、いったいどうしたのかと瞳子を不安にさせる。

「あなた、座ったら？」と声をかけると、進はソファに腰かけ二杯目も飲み干した。

「きみもここに座りなさい」

「はい」

「いまから言うことはまだ優斗には言わないと約束してくれるか」

「ええ。なんですか？」

「来栖加奈子は優斗の異父妹なんだ」

「イフマイ？」

「母親が同じだということだ。兄と妹なんだよ」

そう言うと、進はグラスをまた手にとり、それがカラであるのに気づいて、ぞんざいにテーブルに戻した。

「なに言ってるの？」

瞳子は進の言っていることがよくわからなかった。兄と妹って、そんなことあるわけがない。

「何を証拠にそんなこと」

「母親から聞いたんだ」

「母親？　だって優斗の母親のことは父しか知らないはずでしょ」

「いや、僕も知ってるんだ。その人が言うには、優斗を産んだ後、結婚して女の子を産み、離婚したんだそうだ」

「でも母親は小さいときに死んだって加奈子さんは言ってたわよ」

「彼女は嘘をつかれてるんだよ」

なんと言ってよいかわからず瞳子は黙った。思い出したくもない屈辱の日々がよみがえってくる。妊娠を偽装していた五ヶ月のことが。

三十を過ぎてもいっこうに妊娠しない一人娘にしびれを切らし、養子の話を持ちかけてきたのは父の潤一郎だった。ただし、おまえが産んだことにしたいんだと潤一郎は主張した。いずれはこの病院を継ぐことになるんだから、オレの血を引いていてもらわなくちゃ困る、と言うのである。いくら検査しても不妊の原因はわからず、妊娠しないことに疲れきっていた瞳子は、進にも勧められ力なくその話にのった。

その日から瞳子は妊婦になった。お腹に詰め物をし、なるべく家から出ないようにして人目を避けていた。

しかし偽装妊婦を演じているうち、瞳子はほんとうに自分が妊娠している気になっていった。最初抱いていた嘘に対する罪悪感や嫌悪感はどんどん小さくなっていき、ほんとうに赤ちゃんが生まれ、お腹の詰め物をはずし、その子を胸に抱いたときには、まるで自分が産んだような達成感を覚えたのだった。

みんなに祝福され、おめでとうと言われるたびに、その子がどんどんかわいくなり、こんなにかわいい赤ちゃんを手放した母親を憐れにさえ思った。

その人にお礼を言いたいと瞳子は潤一郎に申し出たが、じゅうぶんな礼はしてある、おまえのためにも会わない方がいいと断られた。瞳子はその母親がなんらかの事情で子どもを育てられないのだと割り切り、あなたに代わって私がちゃんと育てますと心に誓った。

けれどいま進が言ったことは、私が信じ込まされていたこととちがう。どこから、何がどうちがうのだろう。ふといつか見た女の姿を瞳子は思い出した。ふつふつと怒りが腹の底からわいてきた。

「ちゃんと説明してください」と瞳子はかたい声で言った。進はまるではじめて会ったとでもいうような目で瞳子を見つめ返した。この人もずいぶん年を取ったと瞳子は進の白髪まじりの頭を見て思った。目尻のシワは深く、くっきりと表れた疲労が顔を沈み込ませている。

「ちゃんと」

進はそうつぶやくと長いため息をつき、視線をそらした。

「じつはね、優斗の母親は僕の知り合いなんだ。大学の後輩でね、医学部じゃないが。結婚してないのに妊娠してしまって、産むと言ったら相手は激怒して、その男は既婚者だったんだが、別れてしまってね。とても一人で育てる自信がないと泣きついてきたんだ。かわいそうでね、院長から養子の話をそれとなく持ちかけられていた僕は、お腹の子は男らしいと彼女が言うのを聞いて、代わりに育てよう、きっとこれも何かの縁だと思ったんだ。

院長はすぐに話にのってきて、二千万で買うと言った。その代わり二度と自分たちの前に姿を見せないと約束させた。彼女は子どもを産むと金を持って消えた。ほんとうに消えてしまったんだ。電話もつながらなくなった。連絡もなかった。彼女は彼女なりに人生をやり直そうとしていたんだと思う。来栖加奈子の父親とはその頃に知り合ったんだそうだ。結婚して妊娠して、何もかもやり直せると思ったらしい。ところが生まれてきた子どもを見るたび、売り飛ばした男の子のことを思い出す。彼女は精神を病んでしまった。そして女の子を置いて家を出た」

「あなた、その人といつ会ったの？」

「会ってない。電話がかかってきたんだ。娘の話を父親から聞いて、とてもあわててた」

「それでどうするの？」

「別れさせるしかない」

「どうやって？」

「きみからうまく話してくれよ」

「私の言うことなんか聞くもんですか。それにあの子はもう大人なのよ」

「彼女に欠点があればいいんだが」

「なんてこと言うの」

「だって兄妹なんだよ。放っておけない」

そう冷たく言う進を、いままで一番遠くに感じた。私は何も知らなかった。知らされるべき存在ですらなかったのだ。あの大掛かりな嘘の中心はまちがいなく自分だと思っていたのに、ちがった。瞳子は怒りと同じくらいの恥ずかしさを感じていた。

そして真実を知ったとき、優斗が自分から離れてしまうのではないかと激しい不安に襲われた。子どもは育ての親より生みの親を慕うのではないのか。生みの親？　突然現れた芝居がかった言葉にとまどいながら、「瞳子の子なら、かわいいんだろうな」と亮が言ったのを思い出す。

眠れぬ夜が明け、翌朝、進は優斗に対して一方的に、あの娘とつき合うのはやめろと申し渡した。

「何が気に入らないんだよ」と優斗は進につっかかっていったが、進は相手にしなかった。

「どうしたの父さん、横暴だよ。このあいだは、向こうのお父さんに挨拶しとけよって言ったじゃないか。母さん、何か聞いてる？」

優斗にそう聞かれて瞳子は口ごもった。隠しておける話ではない。いずれどこかから知れてしまうのなら、自分の口から告げた方がよいのではないかとも思う。迷いながら、真っ赤な顔をして怒っている優斗を見ていたら、すっと気持ちが冷めた。

どこかで聞いたことのある話じゃないか。心を動かされるほど、もう私はうぶじゃない。テーブルの上のパン皿やバターナイフやコーヒースプーンがみんな日常という物語からの借り物であるように、この悩みも怒りも過《あやま》ちさえも、安っぽい因縁めいた物語からの借り物にすぎない、と瞳子は乾いた気持ちで思った。自分が感情の主だと思えないほど、その物語から引き離されていた。なぜなら大事なことを教えてもらえなかったとはいえ、あの幼稚な嘘をついた張本人はまぎれもなくこの自分なのだから。ここにある現実が嘘であることを瞳子はもとから知っていたのだから。

「なんで黙ってるんだよ。何か知ってるなら教えてよ、ねえ」

瞳子は優斗の顔を見ずに「お父さんとよく話しなさい」とだけ答え、食事を片づけ始める。この子を産んでいないというそれだけで、こんなにも現実から締め出されるとは思いもしなかった。けれどももし産んでいたとしても、もう息子は大人なのだ。彼の現実に深く関わることは不可能だろう。じつにしみじみと瞳子はむなしさをかみしめた。このむなしさを知っているから、人は親になりたくないと思うのかもしれない。だから沙織も真二も、そして亮も親にはならなかった。少し遠くまでを見越せば、そのくらい私にだってわかったはずだ。

優斗は瞳子から何かを聞き出すのをあきらめ、自分の部屋に引き上げた。その背中を目の端で捉《とら》えると、瞳子はどれほど優斗を愛しているかに気づく。自分から息子を差し引いたとき、いったい何が残るだろう。進の心は常に患者へ向かっている。父はもうおらず、母ももうすぐいなくなる。めまいとともに瞳子はこらえていた虚脱感にとらわれる。

キッチンの床に座り込み、ひざをかかえ、瞳子は会ったばかりの友だちの顔を思い浮かべた。沙織には陶芸があり、漠にはいま必死になれる目の前の仕事があり、真二には退職後の夢があり、亮には小説がある。私には何もない。私はからっぽだ。瞳子はまた同じ思いにかられた。

長い間虚脱感の中ですくんでいた瞳子は、亮に、亮しか思い浮かばず、救いを求めてラインする。

「亮、元気？」

何時間も経って、午後になってようやく亮から返信がくる。

「いま起きた」

瞳子は目を閉じて耳をすます。けれどどうしても亮の声が思い出せない。

なんと返そうか迷っていると、「どうかした？」とメッセージが来た。

「うん。自分がからっぽに思えて」

正直に。気持ちはあの学生最後の日に一気に戻る。

「オレもからっぽ」

「そんなことないよ。亮は中身詰まってる」

「なんでわかるの」

「ちゃんと作家になったもの」

メッセージが途切れる。瞳子はじっと画面を見つめ、どうしてこんなに亮の言葉を欲しがるのだろうと不思議な気がした。何十年も離れて生きてきたのに、一番近い。自分の最良の部分を知っているのは亮だけなんじゃないかと瞳子は思い始めている。最良？　そうだ。亮と別れるまで自分は嘘などついたことはなかった。二人は心から信頼し合っていたし、瞳子は亮だけでなく自分が信じるに足る人間であるかどうかを疑ったことさえなかった。生活からの要請によって仮面をつける必要に迫られるのはもっと後になってからだ。あんなふうに無防備になんの迷いもなく自分を相手に向かってさらけ出すことができたのは、いま考えると奇跡のようで、瞳子はそのときの自分を亮と一緒に抱きしめたいような気持ちになる。

しばらくして、「書けないので、飲んでる」とメッセージが入る。瞳子は時刻を確かめる。二時四十七分。

「こんな昼間になに飲んでるの？」

「ウオッカ」

「おいしい？」

「まあね」

「飲みすぎなんじゃないの？」

また途切れる。酔っているのだろうか。瞳子はすぐに自分の悩みを忘れて亮の心配をしていることに気づいて苦笑する。けれど亮の心が泣いている気がして瞳子は悲しくなってくる。

あきらめかけた頃、「飲みすぎかも」と返信がくる。

「だめだよ、からだ大切にしなきゃ」

「オレ、作家の才能ない」

「あるよ」

「なんでわかる」

「読んだもん」

「あんなの小説とはいえないさ。実際に起こったことを並べただけだ」

「でもたくさんの人が読んでくれたじゃない。すごいことだよ」

また途切れた。瞳子は自分が打ち込んだ文字を何度も読み、これは正しくなかったかもしれないと思い始める。亮はきっとベストセラー作家という呼び名にいつまでもなじめないでいるのだ。そう思ったら瞳子は矢も盾《たて》もたまらず、「ねえ、大丈夫?」と打ち込んだ。

返信はなく、瞳子はソファに横になりスマホを握《にぎ》ったまま眠ってしまった。

ラインの着信音で目が覚めたとき、もう部屋の中は薄暗くなっていた。

「大丈夫だったことなんて一度もないよ、瞳子と別れてから」

亮のその言葉を瞳子は一息でのみ込んだ。いま何かがこわれたのだ、と瞳子は思った。

8

毎日雨が降った。いつまでも梅雨が終わらない。ぬるい湿気は部屋の中まで侵入して、瞳子の平穏を濡《ぬ》らした。

優斗はまったくしゃべらなくなった。

たしかにいままでも朝食のとき進と優斗はしゃべらなかったけれど、今回はそれとはまったくちがっていた。前はそれでもどこかに無意識の信頼感があったのに、いまは空気が敵意に満ちている。椅子に手をかけると優斗はわざと乱暴にそれを引き、嫌な音をたてた。スプーンもフォークも力を入れて皿やカップに叩きつけ、カチャンカチャンと音がする。それらの音がすべて「なんでだよ」という優斗の怒りの声に聞こえ、瞳子は胸を締めつけられた。

母に相談しようかと思いもしたが、ことがことだけにためらわれた。母は養子には反対だったと思い出す。誰に話すこともできず悶々《もんもん》としているうち、いたずらに時が過ぎていく。

瞳子は車に乗るのをやめ、電車に乗り、傘をさして雨の降る東京の街を歩いた。冬物の予約会や新作の腕時計の発表会、歌舞伎やミュージカル、病院の医師の妻らとの会食、地域でのボランティア、議員の集会とスケジュールはいっぱいで、けれどいつものようにスマホで写真を撮り、いそいそとフェイスブックで報告する気にはなれなかった。

歩いていると、濡れたアスファルトの道路やシミのできたコンクリートの壁ばかりが目に入り、それでも歩き続けてさえいれば過去が書き換えられて、愛に支えられたほんものの家族が手に入るような気がして、それともその濡れた道がどこかで亮の歩いている道につながっているようにも思えた。瞳子は学生時代、おさんぽ同好会の一員として胸はずませて誰かが歩いたことのある道を一歩ずつ踏みしめ、世界にとけ込んでいったときの安心感を時折思い出した。あのときのように、世界に属しているという実感を取り戻したくて歩き続けた。

進とはあまり話らしい話もしていない。それにいまさら何を話してよいのか瞳子にはわからなかった。あの赤ん坊を買う前に話し合うべきだったのだ、とやっと気がついている。嘘から真実は生まれない、生まれなかった。

瞳子は思いあまって病院となんの関わりもない沙織に電話をかけた。

「あら、どうしたの、めずらしい」

「いまちょっといい？」

「うん。どうした？」

「友だちに相談されたんだけど、うまい答えが見つからなくて、沙織ならなんて言うかなって思って」

「ふむ。話してごらん」

「うん。友だちが再婚してね、娘が一人いるんだけど、カレシができてね、それがなんと自分の産んだ息子だったのよ」

「え、意味わかんない」

「初婚の相手との間に男の子がいて、でも産んですぐに離婚して、親権は向こうにあって音信不通だったんだって」

「ふんふん」

「で、娘のカレシの名前を聞いてびっくりしちゃったわけ」

「会ったの？」

「そう、そのカレシはね、おまえを産んですぐに母親は死んだって父親から聞かされてたらしいの。だから会っても気がつかなかったんだって」

「へえ、小説みたい」

「そんな小説があるの？　なんて小説？」

「なんて小説かって、具体的には答えられないよ。一般的な意味。手の込んだ作り物の嘘みたいってことだよ」

手の込んだ作り物の嘘。瞳子は沙織の声をなぞっている。

「そうか。ねえ、どうやって別れさせればいいと思う？」

「どうやってって、そりゃホントのことを告げるしかないんじゃないの?」

「誰から?」

「母親から」

「誰に?」

「娘とそのカレシに言うのよ。だってそのままつき合ってたら大変じゃない。兄と妹なんだもの」

「そうよねえ」

「そんなことより瞳子、亮との間になんかあった?」

「亮との間?」

「うん。あれから会ったとか」

「会ってないよ。先月、昼間ダブとかいう喫茶店で四人で会ったのが最後」

「そっか」

「なんでそんなこと聞くの?」

「それがさ、亮の奥さんが瞳子のことボロクソに言ってきたの。工藤くんとこにも波多野くんのとこにも電話きたって」

「亮の奥さん?」

「うん」

「ボロクソって?」

「大きな病院の院長夫人で奥様気取って上品ぶってるけど、ほんとうは性悪な女狐《めぎつね》だ。元同級生だからと思って夫が親切心を見せたのがアダになった。夫を誘惑しようとしてあの手この手で近づいてくる。毎日あの女に悩まされて夜もろくに眠れない」

え、と瞳子は絶句してしまった。亮の奥さんなんて会ったこともなければ声を聞いたこともない。いったいどうしてそんなこと。

「全然思い当たることないの?」

沙織の質問に「ない」と答えた瞳子は、あのラインのメッセージを思い出している。大丈夫だったことなんて一度もないよ、瞳子と別れてから。

「なに、なんで沈黙してるの? さては何か思い当たることがあるな」

「ないってホント」

「まあいいや。でもね、なんか電話の感じだと亮の奥さん、フツーじゃないみたいなんだよね」

「フツーじゃない?」

「うん。なんていうか、常軌《じょうき》を逸してる感じ。やっぱり実話なんだね、あの小説。とにかくね、ものすごく攻撃的なのよ。はじめて電話で話す相手にあまりにも失礼でしょ。こっちもキレかけた。でもさ、あたしなんてしょっちゅう連絡取ってるのに怒りの対象はなぜか瞳子なのよ。変でしょ」

会ったことのない、それでもじゅうぶんに好意を持てないことがわかっている亮の妻が、ほんとうに沙織の言うような人物だとしたら、亮がわからない。なぜそんな女を「愛している」といえるのだろう、と瞳子の頭の中は疑問符の洪水になっている。

「そうだ。『冬のソナタ』」

「え?」

「『冬のソナタ』。ヒットしたじゃない、韓国ドラマ。あれたしか、主人公の二人が兄妹だったんじゃない？　父親が同じとか」

「それでどうするの、その二人」

「別れたんじゃなかったかな。でも最後に兄妹じゃないことがわかって結ばれる、とか。そんな話だった」

「ふうん。やっぱりほんとうのことを知ったら別れるしかないのね」

まだ頭の中では亮の妻のことを考えながら、瞳子は自分に言いきかせるように言って、電話を切った。『冬のソナタ』か。いま起こっているのは、感涙のテレビドラマ風のストーリーなのだと思うと、瞳子はますますその物語にはじき返されるように感じた。そこでは優斗と加奈子が主人公で、私はセリフも少なく出番もあまりない役、たぶん憎まれ役なのだ。


それから数日経って、工藤真二から電話がかかってきた。

「柊さん、和久井に何したの？」

開口一番、真二は本題に入る。

「何も」

瞳子は自信のない声になる。

「何もしてないわけないだろ。和久井の奥さん激怒してるぜ。飯塚や波多野にも電話かけて柊さんを罵倒《ばとう》してるらしい」

「ウソ」

「嘘じゃないんだな、これが」

「たしかにラインはした」と瞳子は白状する。

「まさかいままでも好きだとか和久井が言ってきたんじゃないよね」

「ちがうよ。そんなわけないじゃない」

「とにかく、そのラインを見られてることはまちがいないね」

瞳子はドキッとする。

「おかしくなったって？」

「亮の奥さんってどんな人なの？」

「健気《けなげ》な人だったんだけどね、和久井の本が売れ始めてからおかしくなったらしい」

「境界性パーソナリティー障害とか言うらしい。和久井に捨てられるんじゃないかって常におびえてて、突然攻撃的になると手がつけられないって」

「それじゃ、あの本の梢そのものじゃない」

「そりゃそうだろ。実話をベースにしてるって和久井も言ってるじゃないか」

「だけどなんでそんな人と結婚してるの？」

「オレに聞くなよ」

「亮に電話した方がいいかな」

「ダメだよ、火に油じゃない。柊さん、オレらもう学生じゃないんだぜ。和久井だって無名じゃない。柊さんが、学生時代みたいに本能で動くとまずいことになるんだよ、わかるよね」

「本能で動くってどういうこと？」

「本能っていうか、直感？　柊さんは自分の気持ちに従って行動してただろ」

真二にそう言われて、瞳子は秀吉の事件のことを思い出した。

「私が善悪の判断のできない人間だと思ってるの？」

「善悪を気にしないところが魅力だったって言いたいだけさ。和久井はそれでボロボロになったけど」

「昔の話じゃない」

「ほんとうにそう思うなら、おとなしくしてるんだぜ、わかったね」

真二に釘をさされて、瞳子は「わかった」としかたなく返事した。

電話を切ると瞳子はスマホで「境界性パーソナリティー障害」を検索し、書かれてあることを夢中で読んだ。

見捨てられることに対する不安が強い。対人関係が両極端で、不安定である。めまぐるしく気分が変わる。怒りや感情のブレーキが利《き》かない。自殺企図や自傷行為を繰り返す。自己を損《そこ》なう行為に耽溺《たんでき》する。心に絶えず空虚感を抱いている。自分が何ものであるかわからない。一時的に記憶が飛んだり、精神病に似た状態になる。……親切で思いやりのある人ほどなんとか支えになろうとして巻き込まれてしまう……相手を喜ばせよう、困っているから助けようと、病気だとわからないまま関わると、深みにはまって抜き差しならなくなる。

読めば読むほど瞳子の頭は、亮のことでいっぱいになっていく。小説に書いてある通りだ。ドラマで見た梢そのものだ。事実をベースにした、という亮の言葉を、自分が軽く考えていたのに瞳子は気づく。

なぜそんな人と結婚したのだろう。ふいに三十七年という時の重さがのしかかってきた。離れた場所でまったく接点のない生活をお互い積み上げてきたのだ。気の遠くなるような喪失感はおそらくは絶望で、何の根拠もなく亮のことをすべて知っているつもりでいた自分がおかしくて、瞳子は笑った。

スマホから目を離し、すっきりと片づいたリビングを眺め渡すと、自分のものはそこに何もないような気がして、行かなくちゃとつぶやく。あのとき亮の目の中にあった疑問符は、なぜ会いに来たのかという問いだったのだと瞳子は思った。手のひらに汗をかいている。亮のことを思うと、大学を卒業してから結婚して子どもを育て、ちゃんと妻として母として生きてきた三十七年の月日がなかったように感じるのがこわかった。これが我を忘れるということなのだ。

いま話したい、すぐに声を聞きたい、そうすれば充たされる。瞳子はスマホを握りしめ、ソファに身を投げ出す。目を閉じてゆっくり息を吸う。吐きながら目を開く。

そのときスマホが震え、瞳子はハッと我に返った。

「オレ、波多野」

漠は彼らしくもない暗い声でそう言うと、そこで急に黙り、妙な間《ま》があいた。

「なに？」と瞳子が返事をすると、「何か言っただろ、和久井に」と聞き返された。

「なんなのみんなして、何も言ってないわよ」

「嘘だね」

「嘘じゃない」

「連絡とってないって言うの？」

「みんなで会ったじゃない」

「そうじゃないよ、電話」

「してない」

「じゃあライン」

「ほんの二言三言だけよ」

漠がため息をつくのが聞こえた。

「自分が何をしたかわかってないようだから教えてやるよ。和久井はね」

瞳子は聞き耳を立てた。わずかに鼓動が速くなる。

「いや、やめとこう。きみは昔のままの要注意人物なんだものな」

「昔のままの？」

思わず聞き返したのは、自分がすっかりあの頃とは変わってしまったと瞳子が思っていたからだが、「そうだろ、立場も考えないで」と漠が責める口調になったので、昔のままなのかもしれないと思い始める。あるいは亮といると仮面が外れるのか。

「立場？」

やっとのことで瞳子は聞き返す。

「おいおい、オレたちもうカンレキだぜ。立場の説明までさせられるのかよ」

「立場の意味くらいわかるわ」

「じゃあ和久井にかまうな。柊さん、いいかい、オレはね、あの本が売れ出したときすぐに和久井に会って書いてもらう約束をしてるんだ。学生時代のことなら書いてもいいって和久井も言ってた。ところがさっぱり進まない、二作目が売れなかったせいかと思ってたが、どうやらちがう。酒の量は増える一方だし、麻衣子《まいこ》さんは荒れてるし」

「麻衣子さん？」

「ああ、奥さんの名前。麻衣子さんは和久井の本が売れるにつれて機嫌が悪くなってね。売れていろんな人が群がったんだろう。腹の立つことだって起こるさ。けど、麻衣子さんの怒りは限度を超えてるんだな、よくあれを和久井が、いや、それこそよけいなお世話だ。とにかく柊さんは結婚してるだろ。和久井もだ」

「だから何もしてないってば」

瞳子は心外だというふうに声を荒らげた。

「じゃあそのまま何もしないでよ。退職する前に和久井の本を作るのがオレの最後の使命であり夢なんだよ。柊さんが和久井のことを思うように、俺だって和久井のことを思ってんだ。脱サラして作家になるってのがどのくらい大変か、よく知ってるからね。麻衣子さんをこれ以上刺激するのはやめてくれ」

わかった、と瞳子は答え、電話を切った。

何がいけないんだろう、と瞳子は思う。亮の心配をすることが、誰にも言えないことをほんの少し聞いてもらうことが、そんなにいけないのだろうか。

ソファに沈み込んで両手に握ったスマホをじっと見つめた。あの頃はこんなものなかったもの。もしもあのときスマホがあったら、二人は別れていなかったかもしれない、四年間仲良く過ごし、病院から逃げ出して二人で暮らしていたかもしれない。そうしていたら、あんな大きな嘘をつくこともなかったのだ、と瞳子はあてどもなく考えをめぐらせる。

何も悪いことをしてるわけじゃない、と瞳子は座りなおした。みんなにやめろと言われて、瞳子はムキになっていた。麻衣子という女に変な言いがかりをつけられているのが悔《くや》しくて、亮に弁護してもらいたいくらいだ、と瞳子は思った。

そうだ、それくらいしてくれたっていいではないか、亮はなぜ麻衣子を止めないのだ。瞳子は腹を立てながら「奥さんが私のことをふれ回っているそうです」と打ち込み、亮宛に送信した。

メッセージはすぐに既読になった。けれど返信はない。スマホの画面をじっと見つめていると、胸がふさがれるほど苦しくなってくる。そのとき突然電話の着信音が鳴った。

「オレ」

亮の声がする。瞳子は小さな声で「うん」と答える。怒りがあとかたもなく消える。

「ごめん。女房が迷惑かけて。ライン見られた」

声が少し丸い。

「飲んでるの?」

「ああ。ちょっとだけ」

「体こわすよ」

「オレ、もうラインしないから」

瞳子は、うんと言えないで黙った。

「女房は心を病んでるんだ。ストレスにとても弱い。傷つきやすくて感情のコントロールがきかなくなる。しばらく治まってたんだけど、三年前からまた症状が出始めて、オレが自分を置いてどっかへ行ってしまうにちがいないって思い込んでる。

オレはバブルのときに家を買ってね、そのローンが大変で、売ろうとしたら値段は三分の二に下がってて、要するに失敗したのさ。勤めてた証券会社はつぶれてね、家電量販店に再就職したんだけど、入退院を繰り返す母親を養うので精いっぱいの生活をしてたから、母が死んだとき、いましかないって思ったんだ。

オレが作家になりたい、別れてくれと言ったら、女房は、自分が働くからがんばってと答えた。彼女はとりあえず近所のスーパーでパートタイマーの仕事についた。人に尽くしていると彼女は安定する。病気はなりをひそめた。家は売って、ローンを減らした。貧乏になったがオレは張りきっていた。三年以内に新人賞を取って作家になれたら、どこかに就職して働きながら地道に小説を書いていこうと思ってたんだ。予定は三年。だが実際に作家になれたのは十年後。十年、オレは彼女に食わせてもらってた。恩義があるんだ。だから絶対に別れられない」

亮は淡々とした調子で一気にしゃべった。全部知っている。本で読んだ通りだ、と瞳子は心の中でつぶやいた。なぜそんな人と結婚したの、と聞きたいのをこらえ、「でも、その病気はまわりの人が、とくに恋人や配偶者がとても大変なんでしょ?」と言ってみる。

「瞳子にはすまないと思ってる。けど、おまえにできることは一つだけ。オレに関わらないことだ」

「なんでそんなこと言うの? 私はほんとに亮のこと心配なの」

亮は黙った。長い沈黙が瞳子をどんどんみじめにした。陳腐なセリフが宙に浮かんだまま。

「オレにはかまうな」と亮は低い声で言った。冷たい響きが割り切れない気持ちを呼ぶ。

「そんなことできない」

「オレに何かしてほしいのかよ」

「え?」

「何かしてほしいのかって聞いてるんだ」

亮がいらだっているのが瞳子にはわかった。けれど正しい答えがわからなかった。何かしてほしいのか、何かしてあげたいのか、瞳子は息をひそめて考える。この電話が切れてしまったら、亮とのつながりがこれきり途絶えてしまう気がした。

「切らないで」

けっきょくそんなことしか言えない。

「オレにかまうな」

さっきとはちがう声で亮は同じ言葉を吐き出した。悲しくなった。亮が心を病んだ妻を、自分は血のつながらない息子をそれぞれ抱えて苦しんでいることが、偶然ではない気がする。瞳子は亮の声を切望していることに気づいて、ほんとうはただそれだけなのかもしれないと思った。勇気をふりしぼり、「会いたいな」と小さな声で祈るように口にする。

亮がふっと笑う声がかすかに聞こえた。

「会いたいな」と瞳子は繰り返す。

「会えるさ」と亮は答える。そして電話は切れた。

会いたいと言っただけだ、何も悪いことはしていない。瞳子は誰かに向かって言い訳している。夕闇が部屋の中に流れ込んでいた。低いエアコンの音が耳鳴りのように響いている。外はまた雨だろう。瞳子は自分が何もあきらめてはいないことを思いしらされていた。

9

歩いても歩いてもちっとも近づいてこなかった遠くの山を、瞳子は毎日思い出した。そもそも足が地についているという気がしない。優斗の母親が進の知り合いだと知ってからというもの、瞳子はひたすら卑屈《ひくつ》になった。あの女ではないか、と思う気持ちが絶えず胸をよぎり、誰かにそのことを知られているのではないかと恐れた。

瞳子はじっとしておられず、うろうろと病院の中を歩いた。そしてずいぶんと病院の中が変わってしまっていることに気づいた。

父が死ぬとすぐに柊総合病院から小児科が消え、物忘れ外来が設けられた。待合室から子どもの声が消え、老人が増えた。会議室でデイサービスが始まった。マンションから職員が追い出され、一部は要介護老人のショートステイに使われ、残りは介護つき老人住宅として貸し出されることになった。

バザーではなく、有料トークショーがロビーで行われる。認知症予防プログラムが組まれ、有料のコースが会議室で開かれる。健康で若々しく金を持った老人たちがこぞってつめかけ、トレーナーの指示のもと、体操や言葉遊びや計算をして帰る。上手に健康食品も売りつける。

「ほんとうに効《き》くの？」と廊下で出会ったなじみの看護師長に瞳子が聞くと、「どうなんでしょうね。でもこれからは老人を相手にしないと病院もやっていけなくなりますから」と返事が返ってきた。

「そんなこと誰が言ってるの？」

「あら、院長ですよ。ご存じなかったんですか？」

意外だった。脳外科医の進のことを、正義の味方だと思っていたのに、病院経営に口を出すなんて信じられない。進は口数の少ない、少しとっつきにくい人間だ。患者に対しても余計なことは言わないタイプで、けれど的確な判断力と手術のうまさに寄せられる信頼は絶大だった。誠実で優秀な医師。何よりも患者の命を大切にする男。瞳子にとって、進は誇れる夫だった。地元の有力者や父の友人たちに進を紹介するとき、瞳子は胸を張れた。何より、進が金に執着しない人間だったことが瞳子を安心させた。金目当てで結婚したのではないのだと素直に思えたからだ。その進が、老人を相手にしないとやっていけないだなんて言うだろうか。もしかして誰かに入れ知恵されているのではないかと瞳子は疑った。

事務室にクッキーを差し入れすると、若い女子職員がコーヒーをいれてくれる。古株の事務長の姿が見えたので瞳子は声をかけ、事務室の奥にある事務長室に入った。

「なんだかずいぶん変わったのね、病院の様子」

「老人医療を手厚く扱うという方針が承認されましたので」

「うまく行ってるの？」

「ええ。小児科の赤字がなくなって、物忘れ外来は大盛況。認知症予防プログラムも申し込みがすごいことになっているんですよ。上出来です」

「母も賛成したの、小児科の廃止に」

「いえ、理事長は反対なさったのですが、ほかの理事がみんな賛成でした。いろいろアイデアを出してくれる人がいると院長から聞いてます」

事務長の言うことはさらに意外だった。いろいろアイデアを出してくれる人？　進が病院以外でどんな人とつき合いがあるのか、瞳子はまるで知らなかった。進が瞳子の交友関係にまったく興味がないように、瞳子も進が話さないことをあえて知ろうとはしなかったのだ。

事務室を出てマンションに戻ろうとしたとき、入口の自動ドアが開いて一人の女が病院の中に入ってきた。何気なくグレーのフレアスカートに目がいき、顔を見てハッとした。知っている。あの女だ。瞳子は思わず立ち止まってその女を見つめた。女はほんの少し笑みを浮かべ軽く会釈して通り過ぎる。振り返ると女はそのまま廊下を進み、事務室へ消えた。事務室？　うちの職員なのか。瞳子はそれをすぐに確かめようとしてやめた。そうしたら負けのような気がして。

けれど数日のうちに、その女が宮本志乃《みやもとしの》という名前で、父の死後、経理に新しく雇《やと》われたということを瞳子は知った。院長のご紹介です。病院勤めが長い方だったようで、と事務長は電話口で言い、「何か問題が？」と聞いてきた。いえ、知っている人に似てたから、もしやと思って聞いただけと瞳子は嘘をついた。おいくつですか、とだけ聞いてみる。たしか五十七歳だったかと、と事務長はなぜか申し訳なさそうに答える。

失意が戻ってきた。宮本志乃があの日カフェから見かけた、進の隣で笑っていた女かどうかを確かめるすべはなかった。進に聞けばそんなことはすぐにわかる。けれど瞳子には勇気がなかった。事実を知るのがこわいんじゃない、恥をかかされるのが嫌だったのだ。私にだって意地がある、と瞳子はつぶやく。何も知らないふりを続けることが意地だった。意地になっていると心の中に何かかたくて冷たいものができてくる。それが憎しみだと気づいたのは、宮本志乃に声をかけられたときだった。

いただき物のおまんじゅうを事務室に差し入れに行こうと瞳子が病院の廊下を歩いていると、向こうから志乃がやってきた。志乃は瞳子を見るとくすっと笑い、お辞儀をした。瞳子も少し頭を下げた。志乃は立ち止まると、「優斗さん、立派になられましたね」と言った。

瞳子は立ち止まり、志乃の顔を見た。

「優斗？」

「はい、若先生。お若いのに患者さんからものすごく信頼されているそうですね」

それが何だと言うのだ。瞳子は思わず拳を握っていた。廊下はエアコンが効いて寒いくらいで、それなのに脇の下に汗をかいている。志乃はじっと瞳子を見ている。

「おかげさまで」

ようやく言葉を見つけて絞り出すように口にする。

「若先生はご存じなんですか？」

「え？」

思わぬ質問に瞳子はたじろいだ。志乃がクスッと笑った。

「何がおかしいの」

つい大声になって、廊下の先にいた人が振り向いた。自分の言っている言葉が自分から出ているると思えなくて、瞳子は心の奥でとまどっている。

「そんなに大きな声を出さないでください。話の続きはまた今度。どうせこの先何度も会うことになるんですから」

志乃は冷ややかにそう言い捨てて立ち去った。その後ろ姿をぼう然と見送りながら、すべてを甘く見ていた、と瞳子は理解し始めていた。こんなふうにパズルのピースが一つずつ正しい場所にはまってゆくのだ。正しいけれど瞳子の望まない答えがどうやらその先にあるらしい。

これが嘘をついた罰《ばつ》なのか。なぜ自分は嘘などついたのか。考えたところでいまさら遅い。瞳子は残った力をふりしぼり、とぼとぼ歩いてマンションに戻った。カギを開けて部屋に入り、見慣れたモノに囲まれてもよそよそしく、それがそれだけが自分の世界なのだと思い知ることが嫌で目を閉じる。

亮の顔が浮かんだ。瞳子の子なら、かわいいんだろうな、と亮が言ったことをまた思い出した。優斗は自慢の息子なのよ、亮にならそう言える気がした。産んではいないけれど、私の自慢なの。それは嘘じゃないから、亮だけがそれをわかってくれればそれでいいような気がした。

梅雨が明けると急に気温が上がり、容赦のない日差しがマンションの壁を一日中焼いた。外界では無数の室外機がうなりを上げ、生ぬるい風を吐き続ける。

毎週フラワーショップが届けてくれる花を、陶器の壺《つぼ》に活《い》けながら、瞳子はユリの香りに吐き気を覚える。優斗はゆうべ怒りを爆発させた。そのときのことが頭をかすめると胃が絞られるように痛んだ。

真夜中近くに帰ってくると、「なんで言ってくれなかったんだ」と優斗は瞳子を責め始めたのだった。父親から二人の母親が同一人物だと聞かされた加奈子が、それを優斗に話したらしい。

「ほんとうに、母さんは僕を産んだ人じゃないの？」

優斗はドサッとソファに座ると瞳子を見上げて聞いた。目がとろんとしている。

「お酒飲んでるの？」と瞳子が聞くと、「飲まずにやってられないよ」と優斗は大きな声を出した。

「なんだ、もう夜中だぞ」と進が寝室から出てくると、「戸籍だと僕は実子となってた。いったい何がどうなってるんだよ、ねえ、父さん」と優斗は進に突っかかった。

「ねえ母さん、僕は母さんの子じゃないの？　ねえ母さん、ねえ」

どう答えてよいかわからず瞳子が黙っていると、「なんでよりによって僕と加奈子なんだよ」と優斗は頭を抱えた。進は眉を寄せて立ったまま優斗を見下ろしている。血がつながっているから惹《ひ》かれ合ったのかもしれないと思うと不憫《ふびん》でならない。

「ごめんね」という言葉がつい口からもれた。優斗が顔を上げる。

「ごめんね？　何がどうごめんねなんだよ。ねえ、僕は母さんの子だよね」

「もちろんよ」

「でも加奈子は、僕たちが兄妹なんだって言うんだ」

「それはね、つまり……、つまりね、ずっと隠していて悪かったんだけど」

「おまえは養子なんだ」

突然進が割って入った。優斗と瞳子は進の顔を見る。

「だが僕も母さんも実の子として育ててきた」

そこで黙ってしまったので、優斗は大きなため息をついた。瞳子は優斗の隣に座りそのひざに手を置く。

「ずっと隠してるつもりだったの?」と優斗は瞳子の目を見て聞く。瞳子はそれには答えず、

「加奈子さんはなんて言ってるの?」と聞き返す。優斗はまたため息をつき、「泣いてるよ。死んだと聞かされていた母親が生きていて、自分は捨てられたのだと知った上に、僕と兄妹だなんてひどすぎるって」と答える。

しばらく沈黙した後、「ほんとなんだね」と優斗は頼りない声を出した。怒って暴れ、物を投げつけるような子だったらまだよかったのに、と瞳子は思う。うなだれている優斗のひざをそっとなでながら、瞳子は進の顔を見上げた。目が合うと進は瞳子の顔を見たまま「もう会うな」と言ってリビングから出ていった。

「会うななんて、無理だよ」と優斗はつぶやくと、身を投げるようにソファに横になり、目を閉じてしまった。瞳子は優斗が眠ってしまうまでそばにいた。酒と汗の匂いがした。自分より背も高く肩幅も広いこの若者が、おそらく全身で一人の女を愛しているのだと思うと胸がつまった。

考えてみれば、このあいだの夜、ここに二人並んで座って微笑んでいた息子の顔をくもらせているのは、あの女ではないのか。加奈子にもつらい思いをさせて。瞳子は志乃の勝ち誇った顔を思い出していた。なぜ進はあの女をこの病院に出入りさせているのだろう。脅迫されているのだろうか。瞳子はその理由が知りたくもあり、知るのがこわくもあった。

そのうち優斗は寝息をたて始めた。寝室からタオルケットを持ってきてかけると、瞳子は部屋の明かりを消し、寝室に移動する。ベッドの中の進の背中に、「このままにするつもり？」とトゲのある言葉を投げかける。進は背中を向けたまま「別れさせるんだ」と答えた。

けっきょく今朝も二人は言葉を発しなかった。優斗はむっつりと黙り込み、瞳子とは目も合わせなかった。

二人が出ていくと、フラワーショップがいつものように花を届けにきた。玄関用のユリを活け終えると、バラとガーベラの束を抱えリビングのテーブルの上に置く。ボヘミアングラスの花びんに水を入れる。オレンジのバラは小ぶりでいい香りがした。しごいて葉を落とし、丈を見ながら一本ずつ茎《くき》を切って花びんに活けていく。私の張りぼてのお腹はほんとうに子どもだましだった。あんなことで人をあざむけるわけがない。いままでバレなかったことが奇跡だったのだと思いながら、瞳子はガーベラのまわりをかすみ草で埋めた。

リビングの花はいつも手持ち無沙汰に見える。ここには誰も来やしない。優斗が幼稚園に通っていたときには、ママ友というものがいたけれど、いま瞳子には親しい友だちと呼べる人はいなかった。それは優斗が人の子だということと無関係ではないのかもしれない。秘密を抱えたまま他人に心を許すのはむずかしいし、どこかみじめになるから。

ママ友だけでなく、瞳子は夫にも引け目を感じていた。それは出会う前、医学部に入れなかったときからすでに生まれていた劣等感からだ。受験にしてもあきらかに医学部の偏差値は文学系の学部より高く、大学に入ってからの勉強内容も医学部の方が文学より難解で重要性が高いと思われた。自分が自己満足のために小説を読んでいる間に、医学生たちは脳のしくみを、筋肉の動きを、神経の地図を教えられせっせと勉強し頭に叩き込んでいった。それは、数学や物理の成績がいい悪いというようなこととは次元のちがう現実だった。彼らはあきらかに人の役に立つ存在になろうとしていた。

文学が人を救うところは見たことがないのに、医学は刻々と人を救っていく。それを病院で目の当たりにして、瞳子はさらに萎縮《いしゅく》した。学生のときはすべてのものの中で文学が一番優れていると信じていたし、それが瞳子の誇りだった。本を読んでいるとき、自分はとてつもなく深遠な世界にダイブしているのだと実感できた。目の前のせわしない生活より、本の中の世界を信用していた。真実は生活の中ではなく本の中にあるのだと思っていた。

けれど、病院での現実はちがった。人々は痛みからなんとか逃れようと助けを求めており、その期待に応えるのは文学ではなく医学だった。医学は病を追究し、痛みのもとを探り、苦しみを取り除く。そこに嘘はない。進をはじめ病院の医師たちは、患者の訴えに耳を傾け心臓の鼓動や血のリズムや脳からの指令に目を凝《こ》らしてこわれた箇所を見つけ出し、薬を処方したり手術をしたりして金では買えない命を救っていく。患者の家族に頭を下げられるたび、瞳子は進たちのやっていることの尊さを思い知らされた。人々は医者に厳しく、病気を治せなければヤブだとそしられる。何より彼らは失敗を許されない。嘘をついてもよい作家とはちがう。しかも瞳子は文学が好きなだけで、作家でもなんでもない。

劣等感のため瞳子は夫にも、そして優秀な息子にも心を開くことができないでいた。劣等感を克服するため、瞳子は病院長の娘、妻にふさわしいしあわせな女のイメージを作り上げ、それを維持することに苦心した。医師や看護師たちを尊敬し患者を思いやりいつも穏やかで、一流品を愛し上品でそれでいておごらず頼りがいがある大人の女性。

それはやりがいのあることだっただろうか？　あるべき自分の姿に自分を似せることはやるべ

きことだったのだろうか？　瞳子は医学の知識もなければそれを求められたこともない。病院の経営についても何も知らない。

両親が求めたのは、跡継ぎを産むことと、病院を守るよいイメージだけだった。親に逆らったのはあの大学に行きたいと言ったときだけだ。それもちゃんと条件つきで許されたのだと瞳子は思っていたけれど、医学部に行かなかったことも子どもを産めなかったことも、親にしてみれば大いなる反抗だったらしい。

役に立たない。その生々しい言葉の手ざわりがいつも瞳子を現実からほんの半歩遠ざけてきた。そしていま、ついた嘘のしっぺ返しを受けているいま、その感覚はさらに増していた。

亮の本を買ってきたとき、「私の友だちが書いた小説なの」と瞳子がうれしそうに言っても、進はその本を手に取ることもしなかった。それはそれが薬ではないからだ。彼ら医師は知っている。効かない薬のむなしさを。誰よりもよく。

けれどその一方で、瞳子は医学だって役に立たないじゃないか、と笑いたいような気分も味わっていた。どんな薬も優斗の痛みを取り除くことはできないだろう。医学を見返すために、瞳子は読んできた文学の中にその薬を探そうとしている。嘘の中に、作家たちが作り上げた虚構の中に、薬があるはずだと思い始めている。物語には人を救う力があるといつ誰が吹き込んだのかは忘れたけれど、劣等感に苛《さいな》まれ続けながらも、瞳子は盲目的にそれを信じている。誰かを救うために十年もかけて亮は作家になったのだもの。そう信じたいのだ。

けれど薬はなかなか見つからない。もしかしたら自分の現実は物語に見合うものではないのかもしれない。そう思うと本を読むことさえ苦痛になる。

眠れぬ夜が続いた。優斗はあれから一言も発せず、目も合わせようとしない。進は知らぬふりだった。優斗から見れば瞳子も進と同罪にちがいなかった。少し悔しいけれど事実はもはや変えようがない。誰かにすべてをぶちまけてしまいたい、と瞳子は何度も思った。そのたびあの女の顔が浮かぶ。そして敗北感にさらされる。

10

「ちょっと顔出せない？」と工藤真二から電話があったのは、うだるように暑い昼下がりだった。昼間っから亮が飲み続けて荒れているというのだ。瞳子はバッグをつかむと家を飛び出した。

駅まで歩いただけでブラウスが肌に張りつく。電車に乗ると汗はひくが降りるとまた汗をかいた。この前会った、酒の飲める喫茶店ダブへと急ぐ。

店に入ると隅の喫煙席に座っている亮の背中が見えた。真二が気づいて手を上げる。困った顔の漠がその隣にいる。瞳子が座るなり、「やせたな」と亮は言った。まるで叱《しか》られたような気がして「そんなことないよ」と瞳子は言い返す。杢《もく》グレーのTシャツを着た亮は煙草を吸いながらグラスの中身を飲み干し、「おーい、ウオッカおかわり」と声を上げる。

「昼間っからそんなに飲むな。もうやめとけ」と真二が注意すると、「悪いか」と亮は言い返した。

「いつから飲んでるの？」と瞳子が聞くと、「オレが一時に来たときはもう飲んでた」と漠が答えた。テーブルの上のスマホが震えている。顔色が悪いと瞳子は思った。

「なんでそんなに飲むの？」と聞く。

「酒が好きなんだよ」

亮は瞳子の顔を見て答えた。まるで挑むような目つきをしている。こわごわ「体こわすよ」と言ってみる。亮はふっと笑う。

「沙織は？」と真二に聞くと、「いま窯元にこもって茶碗焼いてる」という答えが返ってきた。

「またよからぬことを考えてるな」と亮がグラスを片手に言うと、「ちゃんとした商売だよ」と真二が言い返す。

「本物を真似るってのは、若いときからオレたちの骨身にしみついた行動パターンなんだよな。あの頃『ポパイ』とか『ホットドッグ・プレス』でさ、イタリアやフランスやアメリカのブランド物が紹介されて、金さえ出せば本物が手に入ると教えられて、オレたちは有頂天になったんだ。考えてみりゃ悲しい話だよね。べつにオレたちは本物が欲しかったわけじゃない。ブランド物のロゴが持ってる権力が欲しかっただけなんだ。着てるモノや身につけてるモノで人を黙らせることができるってのは、はじめての体験だったからな。あの頃からだよな、バッタもんが出回るようになったのは」

亮がベラベラしゃべるのを、瞳子は少し唇をかみ、黙って聞いていた。「オレにかまうな」という電話の声を思い出しながら、ずっと震えているスマホが気になっている。

「むなしい世代だよな、オレたちは。六〇年安保や七〇年安保の学生運動にコンプレックスを抱きながら、熱くなることを軽蔑してた。政治を語るなんてヤボだと思ってた。なんでもパロディにしてさ、斜めに世の中を見るクセがついてる。それがカッコいいと思わされてたんだ。金を使うことでしか自分を表現できない。いつも流行《はや》りを気にして、トレンディなんて恥ずかしい言葉のために身をやつしてた」

そうだ、と瞳子は思った。成田闘争に加担しているバイト先の男の子に、やめなさいよ、そんなダサいことって私は言ってしまった。心の中では嫉妬《しっと》しながら。ほんとうは古典的な、原因と結果がはっきりとわかるきちんとした物語が好きなのに、わかりにくく断片的で新しいと言われる文学をほめた。自分にも理解できると言いきかせて。卒業した後やってきたことと言えば、東京に住んで着飾ることだけ。ダナ キャランやアルマーニを着てマノロの靴を履きショパールの時計をはめエルメスのバッグを持って、行くところと言えばそんなものを売っているお店ばっかりで。バブルがはじけても世の中が変わったことに気がつかず、カッコつけて買った『重力の虹』の新訳も上巻の最初しか読まなかった。読まなかったけれど、瞳子はその表紙を写真に撮ってフェイスブックに投稿した。ケリーバッグやラデュレのマカロンと同じように。

「強烈な六〇年安保世代、反抗的な七〇年安保世代。頭上にデンと座った二世代の激しい自己主張に振り回され尻ぬぐいをしながら、下から突き上げてくるミレニアル、デジネイティブ世代には化石扱いされ、知っていることと言えばバブルの日本だけで、困ったら踊る。それがオレらさ」

亮は煙草をもみ消すと、グラスを振った。氷がカラカラとなる。煙草を挟んでいた指が小刻みに震えているのに気づいて瞳子は動揺する。

「ベラベラよくしゃべるな。クダ巻いてないでプライド捨てろよ。生まれたときからパソコンさわってる人間で、そのうち日本は埋まるんだぜ。やつらを食いものにしないでどうやって生き残るのさ。おまえは嘆《なげ》いてるだけでまだまだお高くとまってるんだよ。もともと証券マンだったんだもんな。バブルが忘れられないのも当然だ。でもいまはあの頃とはちがう。金持ちと貧乏人はきれいに分かれちまった。平均的な日本人なんて幻想なのさ。この国の金持ちは賢いんだ。目立たないよう黙ってる。目立つと搾取《さくしゅ》できないからな。声を上げるのは貧乏人だけだ。正義が聞いてあきれるよ。金持ちに対する単なる嫉妬なんだよ。瞳子を見ろよ。いい服着て高いバッグ持って、いつもきれいに化粧して若々しくて。オレはこれからこういう人たちを相手に商売するのさ」

真二の目は笑っていない。亮は新しい煙草に火をつけ、「立派、立派。訳わかんなくてもとりあえずアップデートしていくなんておまえらしい」と皮肉な調子で言う。

「何言ってるんだ。おまえこそちゃんと作家に変身したじゃないか。筆一本で一財産稼ぐ大先生じゃないか」

「またそれか」と亮は笑った。ほんとうにうんざりだという顔をしている。

「まあまあそういがみ合うなよ。柊さんがカタまってるじゃないか」と漠が割って入った。瞳子はホッとする。

「オレはね、和久井が作家になったことは大して驚きもしなかったんだよ。証券マンになったときの驚きと比べりゃ、どっちかというとナットクの部類。まあ、もうちょっとちがう感じの小説を想像してたことはたしかだけど。だっておまえの愛読書、たしかカミュの『ペスト』だったろ。だからなんていうかもうちょっと政治的な事件を扱ったものを書くんじゃないかって思ってた。なのにバリバリの私小説。たしかにオレは経験を書けって勧めはしたけどさ、読んでて島尾敏雄の『死の棘』思い出したよ。妙に凄みがあってさ」

漠の言うことを聞いているのかいないのか、亮は黙って煙草をふかし、グラスの酒はどんどん減っていく。

「私もそれ思った。人間の不可解な行動になんだか圧倒されて、梢って人から目が離せなくなる感じがした」

思わずそう言ってからこわくなって瞳子はちらりと亮を見る。亮が口の端《くちは》だけで笑った気がする。

「波多野がずっと編集者やってるってのも、まあ不思議だよな。おまえはIBMとか富士通とか行くんだって思ってたから」と真二が言うと、「それはオレも不思議に思うよ、ときどき。しかも定年までなあ。よくがんばったよ。どんどん出版業界は厳しくなってきてるしさ、こんなにハゲるとは思わなかった。いいなあおまえら、ふさふさしてて」と漠はニヤニヤする。

「そういえばさあ、柊さんがいちばん意外だよね。病院の院長夫人？　知らなかった。オレらの間じゃいちばん自由な感じで、いちばん文学やってて、いちばん小説とか書きそうだった」

え、と瞳子は漠の顔を見る。

「それは言える。ま、いまからでも遅くない」と真二が続けたので、瞳子は「いやいや、私、読むの専門だから」とあわてて否定した。

「おもしろい子だって印象が強いんだよ。鈴木と二人であの変な大学指定のジャージ着て東京まで出かけてただろ。野球部の応援？」

ああ、うん、と瞳子はうなずく。

「いまも野球好きなの？　どこのファン？」

「瞳子がプロ野球なんか見るかよ」と急に亮が口を出した。な、と目を見られて、あ、うん、と瞳子は答える。またテーブルの上のスマホが震え出した。

「プロ野球は見ないんだ」と漠が言うと、「おまえ、柊さんに興味持ちすぎじゃないの？」と真二がひやかす。

「だってねえ、いまもきれいだし、なんか神秘的だし」

亮がにやっと笑う。

「オレはどうなの？　予想通り？」

真二がそう聞いたら、「おまえが第二の人生に備えて、退職してから会社やろうとしてるって聞いたとき、やっぱり工藤はちがうねえって感心したよ」と漠が答える。

「ほめてんの？」

「もちろん。考えてみれば、あの頃は自分がどんな大人になるかなんて想像さえしなかったよ。それに思ってたより人生ってさ、その場しのぎの連続じゃなかった？」

「それわかる」と思わず瞳子が答えて、漠がうれしそうな顔をした。だから物語のゆくえしか追わなくなったんだろうか、と瞳子はふと思う。

「でしょ。目の前の問題片づけていくだけでどんどんころがっていっちゃってさ。気がつけば六十。あっけないもんさ。だからなおさら工藤がエラく見えるんだ。オレなんか余力ゼロ。みんなどうすんのかな、再雇用されんのかなあ。年金出るまで五年あるもんなあ」

漠の言葉に瞳子は自分のこの先の二十年を考える。孫の顔を見るのを楽しみに穏やかな老後を送るつもりでいたのに、いますべてが白紙になってひどくとまどっている自分。人生からリタイアするのは死ぬときなのに、六十まで行きつけたらそれから先はもう道を切り開く必要のない余生だと思っていたのは、十八で大学に入り、二十二で就職し、六十で退職し年金を払い終えるというありきたりの人生をいつのまにか想定してきたからだ。ありきたりの人生からはみ出さないことが自分の目標だったのかと思うと、瞳子は妙に情けなくなる。先を見すえている真二がまぶしく思えた。

「一緒にやろうよ。こないだも言ったけど、オレの会社は大歓迎。それより柊さん、病院で老人向けの認知症予防プログラムをやってるってほんと？」

「うん。物忘れ外来で」

「じゃあ健康で長生きしてるじいさんばあさんが集まってるんだよね」

「そうねえ。小児科がなくなったせいでよけい感じるのかもしれないけど、ご老人が多いのはたしか」

「オレに紹介してくれないかな」

「誰を？」

「老人たち」

「なんで？」

「自分史の自費出版をやり始めたんだよ、オレ」

「自分史？」

「そう。自分の人生を一冊の本にしませんかって企画。これがけっこうヒットしそうなの」

亮は黙っている。

「いくらくらいかかるの？」

「スタイルによるんだけど、たとえばアルバム感覚で写真をたくさん使って十部ぐらいしか作らない場合で十万。文章を多くしてふつうの単行本みたいにサイトで売る場合は、百部につき五十万」

亮がふっと笑った。

「注文する人がいるかなあ」

瞳子は亮を気にしながら言う。

「いる、絶対に」

真二が自信たっぷりにそう答えると、亮が身を乗り出し、「儲かるのか」と真二を見て聞く。

「ボロ儲けだよ。出版社が出すべき費用を作家さんが自ら出すわけだからね」

「そりゃそうだ。うまいこと考えるな工藤」

漠は感心している。

「でもそんなの誰が読むの?」

瞳子が不思議に思ってそう口にしたら、「もちろん本人だよ」と真二がすぐに答え、亮がハハハとひざを打って笑った。わざとらしい笑い声に瞳子はひるむ。

「自分のことを自分で書いて、自分で金出して本にして、自分で読む。そりゃ傑作だ」

亮が笑った。

「何がおかしいんだよ」

「おかしいだろ。笑える。笑えるよな、瞳子」

いきなり亮が自分を見たので瞳子はうろたえ、うんとあいまいにうなずいた。

「柊さんまでひどいな。いいか、けっこうすごいんだぜ、一般人の自分史ってのは。思わず読みふけっちまうぐらいみんな山あり谷あり波瀾万丈《はらんばんじょう》の人生を送ってるのよ、これが」

「へえ」と瞳子は思わず言ってから、亮をちらりと見る。亮は新しい煙草に火をつけた。煙がまっすぐ立ち上って揺らめいてから消えてゆく。みんな山あり谷あり。そう、山あり谷あり。

「最近読んで一番おもしろかったのは、二つの家庭をかけもちしてきた男の話」

「マジ?」

「そんなの作り話に決まってるだろ」と漠が口をはさむ。

「なんのために一般人が作り話を自分史の本にするんだ。作る理由がないだろ、自分しか読まないのに」

「それもそうよね」と瞳子が答える。

「だろ？　リアルストーリーなんだよ。やっぱりほんとの話は迫力あるよ。べつに変わった話じゃなくてもさ、ごくふつうのおばあさんが恋をして結婚して子ども産んで育てて、孫ができて、なんていう話もさ、こうなんていうか、これまたしみじみとリアルでさあ」

「リアルリアルって、あてつけか」

亮が大声を出したので、瞳子はあわてて「何言ってるのよ、なんで工藤くんが亮にあてつけなんて」と口を出した。

「痛いところをついたってわけか」と真二は薄ら笑いを浮かべている。

「どうしてもやり合いたいんならどうぞ。オレは止めないよ」と漠が腕を組んで二人を見る。

「ちょっとやめなさいよ二人とも。昼間っからお酒飲んでからむなんてよくないよ」

瞳子は大人げない、と言いかけてやめた。見た目はオジサン、オバサンなのに、気持ちは学生時代と変わらなかったからだ。

「おまえ、中年男が主人公のクールでニヒルな小説を書いてるって言ってたよな」

真二はやめない。

「うまくいかなかったんだよ。賞は取れなかった。しかもニヒルって死語だよ」

亮は新しい煙草に火をつけた。

「自分たちの世代をさっきみたいに辛らつに批判するなら、そのかけらでも小説に出てくるもんじゃないのか」

「やめたら、工藤くん。何を書こうと亮の勝手じゃない」

瞳子は話のゆくえが少しこわくなってつい言葉をはさむ。

「なら柊さんは意外じゃなかったの?」と真二は急に矛先《ほこさき》を瞳子に向けた。

「私が意外だったのは、二人が最後まで別れなかったことよ。ハッピーエンドだった」

急に問いかけられて、瞳子は思わず答えてしまう。

「ハッピーエンドね」

亮はそう言うと、残っていたウオッカを飲み干し、またおかわりを注文した。

「でもまあ売れてよかったじゃない」と真二はとってつけたようなことを口にする。

「なんで売れたんだろうな。オレにはよくわからない」

まるでつぶやくように亮はグラスを持ったまま言った。

「そりゃドラマ化されて、ネットユーザーが食いついて、大々的に映画化されたからだろ。ラッキーなケースだよ」と漠が言う。

「おまえ、あの小説おもしろかったか?」

真二の顔を亮はじっと見つめ、瞳子は緊張する。

「それが一番意外なんだが、オレは一気に読んでしまった」

真二は真顔になった。

「私も。とにかく響と梢がどうなっちゃうのかハラハラしながら最後まで一気だった」

思わずそう口にしてから瞳子は心配になって亮の目を見た。亮はフフッと鼻で笑う。

「何がおかしい」

真二が少し強い口調で聞き返すと、亮は「いや、一気にねえ。そいつはよかった」と煙草をもみ消し、「ハードルを低くしたかいがあったよ」と言う。

「ハードル？」

「物語が現実に近いほど人は物語に入り込みやすくなるもんだ」

「それはご親切に」

真二は嫌味たっぷりに言う。

「そういう言い合いはよくないよ」と漠が割って入った。

「おまえ、なんでのほほんと専業主婦やってんの？　ネットでちゃらちゃらくだらないこと自慢して、趣味は買い物かよ。もうすぐカンレキだってのに、ほかになんかないの？　瞳子らしさはどこいったんだよ」

いきなり亮が瞳子を見すえて攻撃してきた。

「のほほんと、なんてひどい」

瞳子は反射的に言い返す。

「ちがうのか、そいつは失礼」

「瞳子らしさって何よ」

「自分で問いを立てて考える」

瞳子のあぜんとした顔を見て、亮が笑った。なつかしい笑顔に誘われるように瞳子は亮の目をのぞき込み、「本が売れてうれしくなかったの？」と聞いてしまった。

亮はグラスをつかむとウオッカを飲み干し、「まだとまどってる」とつぶやくように言う。

でも二作目では、と瞳子が言おうとしたとき、入口のドアが開いて女が入ってきた。女はまっすぐ瞳子たちのテーブルに向かって歩いてきた。ショートカットの髪は栗色で、Ｔシャツにデニム。きれいな人、と瞳子が思ったとき、その女がテーブルの横でピタリと止まり、「柊瞳子でしょ」と言いながらスマホを瞳子の方に向けて写真を撮った。

「あんたが柊瞳子なんでしょ。真っ昼間から堂々と、ほんとに厚かましい」

女は何度もシャッターを押す。

突然亮が立ち上がり、女の腕をつかむと、「やめなさい、麻衣子。やめるんだ」とやさしく諭《さと》した。

「また飲んでるの？　あなたこの人に酒を飲ませたの？」

麻衣子と呼ばれた女は亮の肩越しに瞳子に向かって怒鳴った。漠が押し殺した声で、「奥さん、怒鳴るのやめるか外に出るかしてください」とたしなめる。

それを聞いて女は、隣のテーブルから椅子を一脚持ってきて、亮の隣、瞳子の反対側にそれを置き、腹立たしげに音をたてて座った。亮はゆっくりもとの席に戻る。

「何が目的でうちの人に近づくの？」

麻衣子は瞳子から目をそらさない。瞳子は亮に救いを求めようとするが、亮はそっぽを向いて新しい煙草を吸い始めた。

「何の目的があってこんな昼間からうちの人に酒飲ませてるの？」

「目的なんてありません。ただ」

「ただ、何？」

ただ声が聞きたいのだとは言えなかった。この女は病気で、亮はそのことで苦しんでいるはずだ。ことを荒立ててはいけない、逆らってもしかたない、と瞳子は思う。

「ただ何なのよ？」

声が大きくなる。真二が抑《おさ》えて抑えてと両手を広げ麻衣子を制しようとすると、それが気にくわなかったのか麻衣子は真二をにらみつけた。

「あなたも加担してるのね。波多野さんまで。なんなのこの女。見たとこいい家の奥さんじゃない。高そうなブラウス着て、バッグもブランドもの。何でも持ってるんでしょ。なんで人のダンナに手を出すの？　なんとか言いなさいよ」

問いつめられても瞳子は黙っていた。なぜ助けてくれないのだろう。瞳子は亮に視線を走らせる。亮はまた新しい煙草に火をつけた。吐き出した煙が瞳子まで届く。酔っているのだ。亮は酔っている。酔うために飲んでいるのだ。瞳子はうつむいて腕を組んだ。クーラーで冷えた指がひじに触れて、思わずその熱さにハッとした。瞳子は自分が亮に助けてもらえるはずだと思っていたことをそのとき知った。

「あたしにだんまりが通用すると思ってるの？　読んだわよ、ラインのやりとり。この人は言った。『大丈夫だったことなんて一度もないよ、瞳子と別れてから』」

声がまた大きくなった。真二がため息をつき、漠はハゲた頭をせわしなくなでる。

「そんなこと言われていい気になってんじゃないわよ。どうせあんただってあの本が売れるまでは、この人のことなんて忘れてたんでしょ。あの本が売れたからこうしてここに会いに来てるんでしょ。この人が有名人だから、会う価値があると思ってるんでしょ。あたしはね、この人が十年苦しんできたのをずっと横で見てたのよ。本が売れて、知らない人がたくさん友だちだって寄ってきたの。あんたもその中の一人なのよ。どうせ二冊目の本も読んでないんでしょ」

「読んだわ」

「何？」

「読んだわ。ちゃんと読んだ。『陽のあたる場所』。バナナしか食べない認知症のおばあさん。下着を使い捨てる青年実業家。いじめられっ子の誕生日パーティー。アル中のミュージシャン。テディベアを集めていた数学の先生」

亮が急に立ち上がり、「やめろ」と怒鳴った。

「やめてくれ、頼むからやめろ」

瞳子は口をつぐんだ。怒らせたとわかり、狼狽《ろうばい》した。自分が何をしたのかわからなかった。何が亮を怒らせたのか、理解することができなくて、おろおろしながらすがるように亮を見た。亮は麻衣子の手をとると、もうドアに向かって歩き出していた。よろよろした足取りで、背中は頼りなく揺れる。待って、と言いかけてやめる。真二が瞳子の腕をつかみ、「柊さん、ほっとくんだ」と言った。

11

次の週、週刊誌に和久井亮の記事が出た。

「落ちぶれたベストセラー作家　和久井亮、酒と女の日々」という見出しを新聞広告で見つけた瞳子は、あわててコンビニに雑誌を買いに行った。そのままカフェに入り、アイスコーヒーを買って席につきページをめくった。

記事は見開きで、見覚えのあるダブの店内でグラスを手にした亮の写真が大きく載っていて、それを見るなり瞳子は青ざめた。亮の隣に自分が写っていたからだ。目のところに黒い線が引かれているがまちがいなく私。血の気が引いていくのがわかった。雑誌を持つ手が震えている。

記事の前半では和久井亮のプロフィールと『曲がり角の彼女』の売れた経緯が詳しく書かれていた。ほとんど瞳子が知っていることばかり。後半は、二作目の『陽のあたる場所』がまったく売れなかったこと、三作目がなかなか出ない理由が編集者のコメントをまじえて書いてあり、最後に酒びたりの亮の体《てい》たらくが皮肉っぽく綴《つづ》られていた。

「……そんな和久井亮の現在はというと、昼間から酒の飲める店に入りびたり、女性を呼び出して酒をあおる毎日だ。写真で和久井亮の隣に座っているのは、都内にある私立病院の院長夫人。和久井とは大学の同級生で元恋人だという。同級生の話によれば、今年の春にプチ同窓会が開かれ、そこで二人は三十七年ぶりに再会し、以来たびたび逢瀬を楽しんでいるらしい。『二人は魂の双子と呼ばれるほど仲がよかった』と前述の同級生は話す。愛妻家として有名な和久井には、脱サラしてから作家デビューまで十年家計を支えた妻がいて、裏切ったとなれば非難は免《まぬが》れない。一方の元恋人も既婚者である。W不倫で傷つくのはベストセラー作家の看板だけではあるまい」

瞳子はすぐに亮に電話した。けれど電源が入っていないと告げられた。続けてかけるが何度かけても同じでつながらない。同窓会の後、会ったのはたったの三回だ。しかも沙織や真二が一緒で、二人きりではない。進に説明しようと病院へ急ぐ。

病院はバタついていた。事務長が廊下を走っている。

「どうしたの?」と瞳子が声をかけると、「こんなものが」と事務長は一枚の紙を差し出した。それはいま読んでいた雑誌のページのコピーだった。おまけに瞳子の写真の下に「院長夫人」と太字で書き込んである。

「どうしたの、これ」

「病院のあちこちに貼ってあって、いまはがしてますから」

事務長はそう言うと、走って行ってしまった。残された瞳子の横を職員が通り過ぎてゆく。瞳子はみんながチラチラ自分を見ている気がして、病院を急いで出た。

自宅に戻ると、意外なことに進がリビングのソファに座っていた。手に週刊誌を持っている。

「ちがうのよ、彼とはなんでもないのよ」と瞳子は早口で言い訳する。

「事実はどうあれ、出てしまったものは消せないから」

進の視線は冷たい。いや、以前からこんなふうに私を見ていたのかもしれないと瞳子は思った。

「きみを知っている人が見れば、これが誰かは一目瞭然《いちもくりょうぜん》だ。せっかく僕たちが始めた新しい体制が軌道に乗りかけてるのに、病院の評判に傷がついた。人は評判を気にするものだからね」

「すみません。でも私、何も悪いことはしてません」

「昼間から酒を飲んでたんだろ」

「私は飲んでないわ」

「そうは書いてない」

「でも」

「書いてあることがすべてで、人はそれを信じる」

「訴えるわ」

「何を誰にだい？」

「事実無根だって出版社に」

「和久井亮という人は、元恋人なんだな」

「いえ、そう、まあそう、だけど」

「魂の双子と呼ばれてた」

「それは人が勝手に」

「じゃあほとんど事実じゃないか。訴えられるのはきみだよ、向こうの奥さんに」

瞳子は狂気じみた和久井麻衣子の弾丸のような非難を思い出していた。進はやおら立ち上がると「次の理事会では追及されても釈明せず、ノーコメントで通してくれ」と言って出ていった。

もう一度亮に電話してみる。電源が入っていない。

そこへ沙織から電話がかかってきた。「大丈夫？」といきなり言われて、「大丈夫じゃない」と答えたら瞳子は急にどっと疲れを感じた。あの写真は麻衣子が撮ったものだ。コピーをばらまいたのは宮本志乃に決まっている。二人の敵意がまともに瞳子を打ちのめす。

「亮と連絡とったの？」

「つながらない」

「奥さんとぶつかったんだって？」

「工藤くんに聞いたの？」

「うん。ヤバい人らしいじゃない」

「でも亮は彼女を愛してるんでしょ？　インタビューでもそう言ってるもの。それに、恩義があるから絶対に別れられないんだって言ってた」

何度も頭の中で繰り返した文章が、瞳子の口をついて出た。

「そうなんだ」

沙織はそこで黙った。瞳子もそれ以上なんと言ったらいいかわからなかった。

「亮のことが好きなの？」

しばしの沈黙の後、沙織が聞く。

「わからない。ただ」

「ただ何？」

「声を聞いていると安心するの。それに、心配でたまらない。飲み方も指の震えも、書けないことも」

「瞳子、それ、好きってことだよ」

バカげてる。

「私たち、もう六十よ」

瞳子は力なく答える。そう、私たちはもう六十なのだ。

「年は関係ないじゃん。どうするの？」

「どうもしない。もう会わない。きっとそれで忘れていくと思う」

瞳子がそう言うと、沙織は意外にも「それはダメ」と言い返した。

「なんで？」

「瞳子しか和久井くんを救える人はいないと思うから。書けないのには理由があるのよ。あたしたちには何も教えてくれない。だけど瞳子にならきっと言うと思う。瞳子にしか教えないんだよ」

「でも」

「世間がなにさ。人の噂なんて七十五日経てば消えるのよ。あんた和久井くんに小説書いてほしくないの？」

「ほしい」

「じゃあがんばりなさいよ、和久井くんのために」

瞳子は返事ができなかった。

思いもかけなかった不倫疑惑によって針のムシロに座らされ、瞳子はさらに孤立した。理事長でもある母にも叱られた。理事会では釈明も禁じられ、職員とは目を合わせられない。患者やその家族も噂しているだろう。彼らが瞳子に対して抱く不信感はぬぐいようもなかった。いちいち誤解だと説明して歩くわけにもいかず、予定をキャンセルし、瞳子は自宅にこもった。まったく意図していなかったにもかかわらず、いまや瞳子は悪者になってしまっている。まわりの目が、おまえには人を責める資格などないと言っている気がして、瞳子はただただ不安だった。

追い打ちをかけるように、宮本志乃が家までやってきた。

「なんでしょう?」と瞳子が腹を決めて聞くと、「もうお察しかと思いますけれど、若先生を産んだのはこの私なんですよ」と志乃は答える。

予想していたとはいえ、本人の口から実際にそう告白されると、瞳子は文字通り崖から突き落とされたような衝撃を受けた。貧しく若い女が、産むことは決意して、けれどどうしても育てる自信がなくなって泣く泣く手放した赤ちゃんだと思っていたのだから、自分勝手だと言われてもしかたがない。けれど、志乃の堂々とした態度はまったく予想外で、それが進と関係があると知ったいまではひたすら屈辱的だった。

「もしも人に知られたくなかったら」と志乃は笑いながら瞳子を見つめ、「私のことをあまり粗末に扱わないことですね」と言う。

「何が望みなの?」と瞳子は強気を装って聞く。

「さあ、なんでしょう」

志乃は切れ長の目にあやしい光を宿している。その目が優斗と加奈子を思い出させて、瞳子は目をそらす。そして、先を聞きたいがために、「おはいりください」と言って志乃をリビングに通した。

何を話していいかわからず、瞳子はキッチンに引っこみコーヒーをいれ、ソファに腰かけ物珍しそうに部屋の中を眺めている志乃の前に置く。

「おかまいなく」と志乃はクスッと笑う。瞳子はその顔にやっと腹を立てることができてホッとする。父はじゅうぶんに礼をしたと言っていた。進はそれが二千万だと話していた。姿を見せない約束だったはず。ずうずうしい女。瞳子が心の中でそう思ったのを見透かしたように、「たしかに約束はしたけれど、あのときの院長はもういない」と志乃は言った。

「それだけじゃない。現院長は私の味方」

「味方?」

志乃はそれには答えず立ち上がる。部屋の中を見渡し歩き出す。瞳子がその姿を目で追っているのを知ってサイドボードの上の花をそっとなでながら、「私があなたのことをどのくらい嫌いだったか、きっと想像もできないでしょうね」と言う。

「ならどうして私に子どもをくれたの?」

瞳子は素朴な質問をする。

「あなたにあげたんじゃないわ」

志乃はあくまでも挑戦的な顔だった。

「つまりあなたは、優斗を私に渡し、加奈子さんのことも捨てたのよね」

高速で頭を回転させ志乃の言った言葉の意味を理解しようとしながら、瞳子は精いっぱいの嫌味を言ってみる。

「私が加奈子を捨てなくちゃならなくなったのは、あなたのせいなのよ。あなたにどうこう言われる筋合いはないわ。そんなことより、父親が誰か知りたくない？」

突然聞かれて、瞳子は凍りつく。志乃は瞳子をきっと見すえ、「どうすればいいのか、せいぜい考えることね」と言うと帰っていった。

志乃が何を考えているのか、瞳子にはまるでわからなかった。ただ産んだというだけじゃないか、と瞳子は思い、でもそれができなかった自分にはその重さがわかる、とうなだれる。優斗にとって、実の母が志乃であると誰から聞くのが一番いいのかさえわからない。黙っているのがつらくて、つい自分から事実を明かしてしまいそうになり、そのたびに瞳子はそれがほんとに事実なのだろうかと疑わずにいられなかった。

亮とはずっと連絡が取れなかった。もうあの電話は使われていないのかもしれない。唯一の話し相手は沙織で、この先、病院の理事になるつもりだったのに、それがダメになったら自分に何が残るのかと瞳子が弱気になると、「大丈夫だよ、ダンナは婿養子じゃない、瞳子の方が強い立場なんだよ」と励《はげ》ましてくれる。けれど独身で自由業の沙織には瞳子の立場がわかるはずもなく、職員がみんな進の側についているのはまちがいないと思うといてもたってもいられなかった。

フラワーショップから花が届くと、瞳子は花器を選んで真剣にそれを活けた。いつ誰が来ても恥ずかしくないようふるまうだけで精いっぱいだった。進も優斗も夕食は外ですませてくるようになった。いままでもそんなことはよくあったのに、瞳子はそれもあの記事と志乃のせいだと思い込んだ。

孤独をいやしてくれるのは活字だけだった。納戸《なんど》にしまい込まれた古い本を瞳子は引っぱり出してきて読みふけった。薬としての物語を探していたことなど忘れて、本の世界にどっぷりと浸《つ》かる。根から水を吸い上げる野草のように、真っ白な心で言葉を心に刻みつけ、想像し、あこがれて涙した日々を少しずつ思い出した。

しかも若い頃と同じようには読めないことにも気づいた。生きてきた時間が自分の中の言葉の意味を変えていた。驚きは身をひそめたが、それよりもっとより広くより深く、伝わるものはまるでちがっている。言葉一つ一つが繭《まゆ》のように中が空洞《くうどう》になっていて、そこへ経験を詰め込むと繭がほぐれて糸になり、新しい意味を紡《つむ》いでいく。そんな気がした。

それは不思議な体験だった。こうやって何千人、何万人、何億人の人が書かれている言葉に自分の経験を詰め自分だけの意味を作品の中に見出してきたのだと思うと、その世界の大きさに圧倒される。からっぽだと思っていた自分の中にも、やはり時は流れて、からっぽだと思うこと自体が一つの経験なのだとわかりかけて、それがほんとうなら救われる、と瞳子は祈るように思った。

そして物語は必ず人間を描いたから、「自分にとって新しいことも、人間にとってはなじみのものだという事実」を感じることができた。瞳子の危機はすでに誰かの危機であり、その中の誰かは危機をくぐり抜け、生き延びていた。大学生のとき、あの畑の真ん中の道を歩いていたときに感じた同じことを、こんなところでまた実感するとは。それもまた不思議な体験だった。ただ想像の中でだけ泣いたり笑ったりしていた登場人物たちが、いつのまにか物語の上で瞳子自身の歴史の一部を経験しており、彼ら彼女らをすべて合わせると何もかもを知っている巨人のようになる。しかもその巨人はあらゆる人の人生をなぞりときどきふと瞳子に似た顔を見せて、あなたは私だ、と思わせてくれるのだ。

物語の中で人は数限りなく嘘をついた。軽い気持ちで、もののはずみに、やむにやまれず、悪意を持って、あるいは無意識のうちに。嘘は物語の始まりで、物語をかきまわし、そして破たんさせる。

けれどもっと大きな破たんを生み出すのは、嘘ではなく真実の方だった。真実は求められ、あこがれられ、また葬《ほうむ》り去《さ》られようとし、隠れたかと思うとでんと横たわり、ときに人を死に追いやった。

物語の教える現実は瞳子の直面した現実と重なって、嘘があぶり出した真実が何をこわすのか、知るのがこわくなる。けれどそれは誰にとっての真実なのか？

夜が来ると、優斗が志乃の手料理を食べているのではないかと瞳子は想像してしまう。小学生になった頃から、もう親の手はほとんど借りないような聞き分けのよい賢い子だったから、いまさらその思考回路をなぞることはほとんど不可能で、しっかりしていることを誇りに思っていた自分をバカだと笑った。

理論的にものを考えるタイプの人間が、突然現れた生みの母をどう扱うか、きっと感情より理屈を優先するのだろう。我が子を手放さなければならなかった理由を優斗は知りたがるにきまっている。あの子は賢いから私たちの嘘に気づくだろう。いまさらとりつくろってもしかたがない。いずれすべてをあの子は知ることになる。瞳子は秘密を抱えて生きてきた自分の語られない物語が、ひょんなことからぷつんと終わったのを知る。


誰とも話さない引きこもりの日々が続いて、九月になった。

空がほんの少し高くなって、空気がほんの少し乾いた午後、知らない番号から電話がかかってきた。誰だろうといぶかりながら出ると、「オレ」となつかしい声がした。

「亮」

「元気か？」

「何度も電話したのよ」

答えがない。カチャッと音がする。氷の音だ。

「お酒飲んでるの？　まだ二時よ。どこにいるの？」

「おまえ、なんともなかったか、週刊誌」

「孤立無援。大学のときと同じ、評判はガタ落ちよ」

ハハハ。亮が笑った。それだけで瞳子の気は晴れる。

「亮の方はどうだった？」

「心配ない」

「だってあの写真」

「それ以上言うな。すまなかった」

声は変わらない。

「この電話、新しい番号よね」

「二台目。これは瞳子専用だから」

「そんなことして奥さん大丈夫なの？」

「さあな」

「いま一人？」

「うん。おまえオレが電話したら必ず出ろよ」

「わかった。でもなんで？」

「うーん、気のせいかもしれないんだが、誰かに尾《つ》けられてる」

「やだ、週刊誌？」

「オレの記事なんて一回でじゅうぶん。誰も気にもしてない」

「じゃあ誰が」

「それを突きとめてほしいんだ」

「なんで私が？」

「おまえが一番ヒマで一番金持ってそうだもん」

「でも」

「イヤならいい」

「イヤじゃないけど、できるかなあ」

「できるできる。尾行なんて誰だってできる」

亮がそう言えばできそうだと瞳子は思う。

「いまどこにいるの？」

「ダブ。自由が丘の例の店」

「私、いまから行く。行って店の外で待つ」

「元気になったな」

「亮」

「なに？」

「励まし方がヘン」

ハハハ。亮の笑い声がもろくてはかなくて、瞳子は胸をつまらせる。いまから行くから、と電話を切ると、瞳子はあわてて着替えて家を出た。

太陽の光に照らされるのは何日ぶりだろう。ずっと部屋に引きこもっていた瞳子は、昼間の明るさにとまどいながら、早足で駅に向かう。きつい日差しに似合わない涼やかな風が一瞬吹いて、中途半端《ちゅうとはんぱ》な長さの髪をなでる。

営業マンや大学生や主婦と一緒に電車に揺られ、四つ目で降りる。ダブの近くのコンビニから亮に「着いた」と電話する。

「店の入口、見える？」

「うん」

「じゃあもうすぐ出るから、よろしくな」

「了解」

言葉通り、五分もしないで亮が出てきた。半袖のTシャツにデニム。素足にサンダル。クルクルの髪が伸びて、瞳子はそれをさわりたいと思う。

亮が駅とは反対の方へ歩き出した。周囲に目を配る。怪《あや》しい人影はまだ見えない。コンビニを出て亮と距離をとって瞳子も歩き出す。道幅は車がギリギリすれちがえる幅で、歩道はない。二つ目の角を亮が右折する。瞳子は少しスピードを上げて後を追う。右折して亮の背中が見えるとホッとしてまた速度を落とす。ふいに亮と瞳子の間に女がいるのに気づいた。どこから現れたんだろう。細い路地で人通りはない。

女は亮と一定の間隔をあけ、亮と同じ速度で歩き続ける。その後ろ姿をどこかで見たことがあるような気がして、瞳子はその背中を見つめながら後を尾けた。ショートカットの細い首筋、白いシャツに黒のスキニー。とても細い。

ふと瞳子は思い出した。あれは麻衣子だ。麻衣子が亮を尾行しているのだ。

瞳子は立ち止まった。そして反対方向に歩き始める。麻衣子の過剰な愛がこわくて早く遠ざかりたかった。亮も爆弾を抱えて生きているのだ、と瞳子は思う。自分の思い通りにならない他人の心を持て余しているのだ。

オレにかまうな、と亮は言ったけれど、それは助けてほしいということでしょう？　瞳子は、亮が少しずつ見せる不幸のかけらを一つずつ拾おうとしている自分に気づいている。まるで罠《わな》へおびき寄せられる小鳥のように。

12

尾行していたのは奥さんよ
ラインでそう送ったけれど、既読になっただけで亮からは何の返事もなかった。電話もつながらない。瞳子は気をもみながら『曲がり角の彼女』を読み返してみた。

〉「あなたもあたしを捨てるのね」

怒りに満ちた梢の表情はいきいきとして、いつにもまして美しい。

「最初から仕組んでたんでしょ。近づいて親しくなって理解するふりをして心を許したとたん手のひらを返す。楽しい？　楽しいわよね」

言っていることがめちゃくちゃだ。響は言い返そうかどうか迷いながら、梢の目が部屋の中をさまよっているのを見つめる。投げつけるものを探しているのだ。

「何のためにオレがそんなややこしいことしなくちゃならないんだよ。落ち着けよ、梢」

「あたしは落ち着いてるわ」

「オレはただ、会社の前で待つのはやめてくれって言ってるだけなんだ」

「なんで？」

「なんでって誰もそんなことしてないだろ？　まわりを見ろよ。恥ずかしくないの？」

「恥ずかしくなんてないわ」

そうだろうね、きみの目にはオレ以外何も映ってないんだから、と響は心の中でつぶやく。

梢の視線は本棚の隅のペン立てで止まる。次の瞬間すばやく動いた梢はそれをつかむと響に向かって投げつける。響の肩にペン立てが当たり、中に入っていたボールペンやマジックが床にころがった。響は微動だにせずじっと梢を見つめている。部屋の中は暖房が効いてじゅうぶんに暖かく、深夜に近いので響の母親は隣の部屋で眠っているはずだ。見つめられた梢が頬をバラ色に染め、険しい目つきで響の顔をにらみ返している。その心が不安に震えているのが響にはわかってしまう。わがままを言っているつもりで、けっきょく梢は響の言動に支配されているのだ。それに気づいているから響はふいに梢がかわいそうになるのだった。

自分が捨てられる人間だと梢が思い込んでいることには何の根拠もない。響が会社のビルの玄関で待っていた梢を無視したことが、今回はトリガーになった。梢は無視されると突然混乱し、気がちがったように響をののしる。そこがどこであろうと攻撃が始まったら止まらない。けれど今日、響は後ろから罵声《ばせい》を浴びせてくる梢をまったく無視して駅まで歩き、電車に乗って帰宅した。遅れて戻ってきた梢は炎のように怒っていた。

コートを脱ぐと響の背中に向かってそれを投げつけ、「なによ、えらそうに」と叫ぶ。それを無視したら、梢は泣き出した。一時間泣き、ソファを殴《なぐ》り、クッションを投げ散らかした後、ようやく「何を望んでるんだ」と響に聞かれて、顔を上げまっすぐ響を見て嬉々として「あなたも私を捨てるのね」と訴え始めたのだった。

　別れよう。響は一度だけそう口にしたことがある。その瞬間の青ざめた梢のなんと美しかったことか。そしてそのあとの嵐のなんとすさまじかったことか。この女と別れるには殺すしかないのかもしれない、と響は思う。〈

　出会った後、つき合い始めると梢はひょう変し、結婚するまでの間、響はその常軌を逸した言動に悩まされ続ける。

　最初瞳子は、響が梢を殺してしまうミステリなのかと思ったほどだ。けれど、梢は響の母・佐《さ》智《ち》子《こ》に突然ちがった顔を見せる。


〉正座して黙って涙を流し続ける佐智子の隣に梢は座ると、そっとそのひざに片手を置いて、「もっともっと泣いてください」と話しかけた。いままで聞いたことのないやわらかく低い声に、響は驚いて梢の顔を見た。その横顔は陰になって表情がうまく読み取れない。黒いタートルネックセーターを着た梢は、暗い佐智子の部屋の中でぼんやりと輪郭をにじませ、何もかもねずみ色の佐智子の姿ととけ合っている。

　ときどき佐智子が洟《はな》をすする音がして、響はリビングからティッシュの箱を持ってきて梢に差し出した。梢はそれを片手で受け取り、佐智子のひざの上に置く。佐智子がティッシュを一枚引き出し洟をかんだ。そして「死んでしまいたい」とつぶやいた。梢は響に部屋から出ていくように首で合図する。

部屋を出た響はリビングのソファで待っていたが、いつまで経っても梢が出てこないのでそのうち寝てしまった。

気がつくと、向かいのソファに佐智子が座っている。隣に梢がいた。梢はしっかりと佐智子の右手を握っている。時計を見るともう夕方で、佐智子の部屋を出てから三時間が経っていた。

響は何気なく、「お腹空いたね。何かとろうか」と言ってみた。

「おかあさん、ピザが食べてみたいんだって」と梢が笑顔で言う。

「え、おふくろがピザ？」

驚いた響が探るように佐智子の顔をうかがう。佐智子は梢の手を握り返し、「夕飯を何にしようかって梢さんが言うから。ピザ、おまえ好きなんだってね」と言った。しっかりした口調で忘れていたやさしいまなざしが響に注がれる。まるで魔法をかけられたように佐智子と梢が隠やかに微笑んでいる。十年も見たことのなかった母親の表情を目にして、響はずっと味わったことのなかった深い安堵《あんど》を覚えた。あまりに安心して涙が出る。その涙を見た梢は、静かにうなずいた。頭がよくて愉快な梢でも、悪魔のようにからんでくる梢でもない、海のように深く広い梢がそこにいた。へ
あの女を亮は愛しているのだ。そう思うと、瞳子は妙な気分になった。その亮は自分の知っている亮とはちがう。そんなふうにしか理解できない。夫を尾行するような女なのに、どうして愛せるのか。どんなに実話をベースにしていると言われても、響と梢は亮と麻衣子に置きかえられないままだ。

いままで瞳子は、小説の中の人物が実在したらなどと考えたことがなかった気がする。登場人物は作家に物語を託された役者なのだ、とどこか割り切った考えでいたからだ。登場人物は動機に基づいて行動し、物語が終わったところで評価を下され消える。梢も響もそうなるはずだった。あの本の中に生きているだけ。架空の人物なのだから。

急に瞳子は自分があんがいつまらない人間のような気がした。幼い頃はちがったのかもしれない。けれどいまは本を読むのが好きだと言いながら、のめり込んで読んでいるつもりで、きっちり現実と架空の世界をほんとうと嘘として分けている。

瞳子は自分が『曲がり角の彼女』から何も読み取れていないのかもしれないと思った。亮が表の顔しか見せておらず、その物語の真実を隠したのだとしたら、まずそれに気づかなくてはならない。さて、作者の言いたいことは何でしょう？　いやちがう。作者が隠したことはなんでしょう？　亮が『ペスト』についてよく言っていたことを思い出した。「隠されたものを見つけるのが楽しいんだ。小説を読む醍醐味だよ」。瞳子は首をかしげる。そしてもう一度本を開く。

一週間経ってようやく亮から返信が来た。瞳子はベッドに入ったところで、枕元に置いてあるガレのスタンドをつける。

「あきれた？」

どういう意味か正確に測ろうとして瞳子は画面を見つめる。すると、すぐに「あきれて当然」と次が来た。

あきれて当然。だけど愛してる、というならどうしようもない。手の出しようがない。

「あきれたというより、驚いた」と瞳子が返したら、「オレもいまさらのように驚いたよ」と答えが返ってくる。

瞳子は電話をかけてみた。漠に言われたことなどすっかり忘れていた。

三回目の呼び出し音で亮が出た。

「いま電話してて大丈夫かな」と瞳子はおずおずと質問する。

「ああ。大丈夫」

信じられない。けれどうれしい。

「でも奥さんが」

「殺しちゃった」

亮はそう言うとふふっと笑った。

「酔ってるの？」

「酔ってないよ」

「飲んでるんでしょ」

「ああ」

返事をしながら亮はわざわざグラスを振ってみせる。氷がグラスに当たって小さな音をたてる。

「人魚姫に足が生えたとき、一歩歩くたびに体がこなごなになりそうなほど痛かったんだって」

「人魚姫？」

「それ読んで、私震えたわ。そして歩くのがこわくなった」

「なんの話だよ」

「昔はそうやって主人公になりきれたのにね」

「いまはダメってことか」

「カンレキ女が主人公の話なんてないもの」

瞳子が少し唇をとがらせているのが見えているかのように、亮が明るい口調で「オレが書いてやろうか」と言う。

「ほんと?」

「ごほうび次第だな」

「ごほうび？　何言ってるの、あなた作家でしょ」

「そうだった」

「書いて書いて書きまくらなきゃ」

妙な間《ま》があく。ついスマホを握る手に力が入った。

「瞳子、こわいこと教えようか」

教えなくていい、と瞳子は言いたいが言えない。

「オレね、麻衣子を愛してない。それどころか憎んでる」

瞳子は息をとめる。震えるほどの喜びがからだを走った。そしてあわてて、「でも、この三日であの小説を二度繰り返して読んだけれど、響は梢の深い愛に感動してたわ。それにあれは事実をもとにした小説で、とんでもない人だけれど妻を心から愛してるって、あなたインタビューで言ってたじゃない」と言い返す。

「言った」

嘘なのだ、と瞳子は思った。亮は嘘をついたのだ。あまりにホッとしてからだがほてってきた。

「嘘をつくつもりなんてなかった。十年もオレを養ってくれたんだ。ほんとに愛してると思ってた。ほんとに。書き終わるまでは」

「信じるわ」

ふっと亮が笑うのが見えた気がして瞳子は泣きそうになる。

「私が信じてもしかたないか」

自分の小さくて低い声があっというまに壁に吸い取られて消える。家の中には誰もいない。

「書き終わってから気づいたんだ。これは愛じゃないってね」

それで苦しんでいるのだ。やっとわかった。瞳子は亮の苦しみをするりとまるごと受け止めてしまう。

「妻を憎んでると知られたら、叩かれるだろうな」

ポツリと亮が言う。それから氷がグラスに当たる音がして、静かになった。叩かれるだろう。とっても変わった愛妻家として人気者になったのだから。やっかいな女を憎むのはありきたりすぎてお話にならない。

「誰にも言わなきゃいいのよ」

「麻衣子が勘づいてる。オレの気持ちに誰よりも敏感な人間だからな。だまし通せる自信ないよ」

「でも」

「でも別れられない。ハハハ、喜劇だな」

何か言ってなぐさめたいと思ったが、何を言っていいのかわからない。どんなに悪ぶっても、亮の誠実さは自分がよく知っている。だから自分がついている嘘に責め苛まれているのだ。自分と同じだ、と瞳子は思った。嘘をついた本人にしかわからない苦しみを亮は抱えたまま酒を飲むのだ。

嘘つきはあなただけじゃないと瞳子が言えば、それはなぐさめになるかもしれない。瞳子は大きく息をすると告白を始める。

「ねえ、私も嘘をついてるの。息子をね、産んだんじゃなくって、買ったの。妊娠を偽装して産んだふりをして育てたの。もちろん息子は知らなかった」

スマホの向こうにいるはずの亮は音もたてない。瞳子は独り言のように続ける。

「ところがね、息子に恋人ができてね、その娘さんの母親が、なんと息子を産んだ女だったの。しかもその女はいまになって私の前に現れて、息子を取り戻そうとしてるの。夫とは知り合いだったらしくてね、息子は恋人と兄妹だとわかって絶望して、私を責めるの」

「瞳子」

「作り話じゃないの。ほんとうのことなの。すごくない？　あんまりでしょ。でも最初に嘘をついたのは私なの」

「おい」

「笑える？　笑えるわよね。私も笑っちゃいそうになるのを必死でこらえてる」

「もういい、やめろよ」

亮の声はやさしかった。遠い過去から伸びたなつかしい腕のように、その声は瞳子の告白を抱きとめる。少しずつ緊張していたからだから力が抜けていき、瞳子はスマホを落としそうになって我に返った。

「大丈夫か？」

亮がそう問いかけるのをあたりまえのように聞いて、「なぜあんな小説を書く気になったの？」と瞳子は聞く。

「つまりね、私にはちょっと不思議だったから。亮はもっと手の込んだ物語を作る気がしてた」

「手の込んだ物語ね。そうだな、最初は時代に乗り切れない男の話を書いてたんだ。時代への批判も込めた寓話っぽいの。だが新人賞の方はさっぱりでね。五年経ったところで波多野に読んでもらったら、こういうのあんがい多いんだよって言われてさ、どうしたらいいって聞いたらね、一度しか使えない手だけど、自分の体験をそのままリアルに書いてみろって言われたんだ。説得力があるからって。けど、物語を作ることにやっきになっていたオレにとって、リアルに体験を書くっていうのは至難の業《わざ》だった。ほのめかすのをやめるのにさらに三年かかった。そこで気がついたんだ。オレには何か書きたいことがあったわけじゃない、ただ作家になりたいだけなんだってね」

私と同じだ、と瞳子は思った。子どもが欲しかった。それを求められていたから。ほんとうに心の底から欲しかったのだ。そのときは。

「オレは三十年前から麻衣子とのことをていねいに振り返ってみた。それからじっくりと書くことに集中した。体験っていうのはこわいよな。書いてて誰にも文句は言わせないって気にさせられた。これはほんとうにあったことなんだって自信が出てきてね。つまりオレがたどりついた真実は、『実際に起こったことにはリアリティがあるはずだ』っていうきわめてありふれたつまらない仮説だった。だったらなんのために小説にしなくちゃならないんだと聞かれたら答えられない。答えがオレにはわからない」

そこで亮はピタッとしゃべるのをやめた。瞳子も黙り込んだ。二人の話はいつもいつのまにか物語についての話へと向かう。

なぜ人魚姫の痛みをもう感じられないのか。それは人魚姫なんていないと瞳子が決めたからだ。

痛みを感じないためには存在を否定して現実から締め出せばよい。

けれど世の中の人間がみんなそうやって生き始めたら、誰もが自分に都合のよい現実に引きこもり、他人の痛みに気づけなくなる。そうならないのは、物語があるおかげだ、と瞳子は思った。そうだ、物語があるからこそ人は、他人も生きているのだということを思い出せる。嘘だらけの現実を映す架空の世界の中に真実を隠して、ただ読めばわかるように、どんなに逆らっても作家はそういうふうにしか物語を書けないから、人と人とは切れそうで切れない糸でつながれる。

小説が何のためにあるのか。それは人が自分以外の誰かになるためなのよ。楽しそう、悲しそう、うれしそう、つらそう、すべての「〜そう」以上のことを知るために、人は物語から学ばなくてはならない。

遅すぎた、と瞳子はつぶやいた。もう六十だ。もっと早くこのことに気づいていたら、医学がからだの痛みを取り除いている現実を前にしても、小説にはそれができないと卑屈にならずにすんだのに。用語や数字や図形ではなく、物語だけが心の痛みを描くことができ、伝えられる。書いてしまえばそれは簡単なことに思えるけれど、自分はそれを理解してはいなかった。いや、それについて深く考えもしなかったのだ。だから気づくのにこんなに時間がかかってしまった。それにいま気づいたからと言って、何を変えることができるだろう。世界じゅうに向けて叫ぶ？あるいは亮に向けて？

電話は切れている。瞳子は、握りしめたスマホをスタンドの横に置くと、明かりを消して横になる。

何も変えられはしない。それなのに心の奥底でどうしても消すことのできない火種がくすぶり始めていた。亮は麻衣子を愛していないと言った。私が欲しかったのはその言葉なのだ、と瞳子にはわかっている。火種に水をかけて消すべきかどうか、今夜だけは考えずにおこうと目を閉じる。

13

それから数日経って、夜遅く帰ってきた優斗に、「宮本志乃さんに会ったよ」と言われて、瞳子は立ち上がった。

「あの人が僕の生みの母親なんだって」

優斗はそう言うとソファにどんと腰をおろした。瞳子は何か言おうとしたけれど、何も思いつかない。ベージュのチノパンの裾から、見たことのない水色のソックスがのぞいている。加奈子からプレゼントされたのだろうか。いつも大事なことではなく、ささいなことに気づく。

「あの人のこと、僕、知ってた」

思いがけない優斗の言葉に、え、と瞳子は声を出していた。優斗は瞳子の方を見ずに、「何度も見たことある」とつぶやく。その横顔に、どんな感情を見出せばいいのか、瞳子は迷いながら、次の言葉を待った。

「遠くから、僕のこと見てたんだ、きっと」

いったいいつ、どこで優斗は志乃を見かけたと言うのだろう。そう聞きたいのに聞けなくて、瞳子は志乃の二十六年を思いやった。

自分の産んだ子どもを見知らぬ女に預け、大金を受け取る。そして遠ざかる。そのつらさ、むなしさ。想像しきれない。手放した息子が気になって、その姿を見に現れる。優斗はすくすくと育つ。その傍《かたわ》らに、母親として瞳子は立っている。志乃は瞳子を見てなんと思っただろう。嘘つき？　たしかに嘘つきだ。嘘つきを憐れんだ？　うらやんだ？　想像しきれない。

「あの人、なんでうちの病院で働いてるの？　なんで僕の前に現れたの？　いったいどんな」

優斗は瞳子の顔を見て「いったいどんな態度を取ればいいの？　加奈子もあの人に捨てられたんだよね。どうしてなの、何があったの？」と聞く。瞳子はすべての答えを知らない。

「お父さんが誰か知りたくないかって聞かれたよ」

今度は瞳子の顔を見て優斗は言った。

「それであなたはなんと答えたの？」

反射的に聞き返す。

「知りたいって答えた」

そりゃ知りたいだろう。自分の父親が誰かわからないことが、どのくらい不安なのか瞳子にははかりかねて、優斗の自信のなさそうな表情をかわいそうに思いながら、守ってきたものがこわれていくのを知る。物足りなさを感じていた母と子のあたりまえの日常が、危なっかしい綱渡りだったことを瞳子は忘れかけていたから、昨日と同じように今日が平和に続くのを疑ったことはなかった。誰だってそうよ、と瞳子は思う。子どもならいざ知らず、六十にもなれば生きることに慣れ、みんな今日が特別な日だとは思わずに、昨日と同じ明日を送るつもりで眠りにつくはずだ。けれど偶然が引き寄せた真実は姿を現さずにはいられないらしい。そして真実は優斗を苛酷《かこく》な荒野へと導く。不幸への入口は小さいのに、続く道はどんどん広がる。出口は見えない。

けれど出口を探さなくちゃ、と瞳子は思った。一人で荒野をさまよわせるわけにはいかない。自分は母親なのだ、優斗を守らなくては。

翌日、退勤時刻を見計らい、瞳子は決心して病院の事務室へ出かけていった。経理課の志乃のデスクに向かう。

「なんですか、私にご用でも？」

振り向いた志乃は、瞳子の目をじっと見ながら立ち上がった。ぼたん色の口紅を塗った唇が妙になまめかしく、瞳子はたまらず目をそらす。志乃は小さく笑いながら、「聞きたいことでも？」と重ねて聞く。声に自信がみなぎっている。いまどきそんな厚化粧、流行らないわよ、と言いそうになるのをこらえて、「仕事、もう終わります？」と瞳子は聞く。

「もう終わってます。どこへでも」

そう言うと志乃は机の下からバッグを取り出した。古めかしい黒のバッグをチラリと見て、「うちへ」と言うと、瞳子は病院の事務室を出て、自宅へと志乃を連れていった。

瞳子はリビングのソファに座るよう志乃をうながすと、キッチンに引っこみ、グラスに冷たいお茶をいれた。

テーブルの上に出されたグラスを持つと、志乃はお茶をごくりと飲み、「かなり評判を落としましたねえ」と口を開いた。

「その後、例の作家さんとはうまくいってます？」

「優斗に自分が母親だと言ったそうね」

「ほかの人に言ったら困るでしょ、あなたが」

グラスをテーブルの上に戻しながら、志乃は瞳子の顔を見る。

「いったい何がしたいの？」

「さあ、何でしょうね」

「お金？」

「お金もいいですね」

「いくら欲しいの？」

「そんなことを言うために私を呼んだわけじゃないでしょ」

そう言うと志乃はソファの背にもたれ、腕を組んだ。瞳子は自分がこういう人間と対峙《たいじ》したことがないのが悔しかった。考えても答えがわからない。この圧倒的な敗北感はなんなのだろう？

「父親が誰か知りたいんじゃないの？」

そうだ。父親が誰か知りたい。知りたいけれど、それを志乃の口から聞かされたくない。瞳子はここ数日そう思い続けていた。それでも、優斗より先に自分が知るべきだと思う。

「教えてほしいなら教えてほしいって素直に言いなさいよ」

志乃の言い方が瞳子のいらだちを募らせる。

「どうして黙ってるの？」

「知りたくないわ」

「あら、そうなの？　私はてっきり父親が誰か見当がついていて、それを確かめたいんだと思ってた」

「見当がついている？」

そこで志乃はじろりと瞳子を見ると、「言いたくてたまらないことがあるけれど、言ったらあなたにうらまれそうで言えないわ」と言って笑いながら目くばせをする。もうすでにうらんでる、と言いたいのを瞳子が我慢したのは、これ以上志乃と話していたら何か、いままで想像もしたことのないような世界に引きずり込まれそうな、漠然とした不安が襲ってきたからだった。

「黙って消えてくれるなら、いくらでも払います」

「お金なんかいらないわ」

「なら、何が欲しいの？」

「あなたの持ってるもの、みんな。私にはその資格がある」

「何の資格？」

「進さんに聞いてみれば？」

え、と瞳子は思わず志乃の目を見た。

「なんでも知ってる進さん」

志乃はそう言うと立ち上がり、「お邪魔しました」と玄関に向かう。瞳子は立ち上がることもできず、頭を抱えた。スキャンダルの次は何？　そうであってほしくないことが起こるのがありふれた人生なら、たぶん……。瞳子は自分の貧弱な想像力がおそろしく、情けなかった。


ぼんやりとソファに座ったまま、瞳子は進が帰ってくるのを待った。亮の二冊目の本を買った日、女の人と歩いていた進が何度も目の前に浮かんでは消えた。つかず離れずの距離感、ゆったりとした、けれど楽しげな足取り、何より進のあの笑顔。私には見せたことのないのびやかなやさしい笑顔。

あのときの胸騒ぎは、気のせいではなかったのかもしれない。これから自分がしなくてはいけないことを思うと、瞳子は逃げ出したいような気持ちになった。進が帰ってくる。話しかける。その質問する。答えが返ってくる。きっともう進は嘘をつき続けるのに疲れているはずだから。その答えを聞かなくてはならない。そして、何が起こるか。

進が帰ってきたのは、午前〇時を過ぎた頃で、瞳子のいらだちはいつのまにか消えていた。どこか冷え冷えとした気持ちで、「優斗の父親が誰か知っているなら教えてください」と聞くと、寝室へ向かおうとしていた進は足を止め振り向いた。そして、大きくため息をつくと戻ってきてソファに座り、「誰に何を聞いたんだ」と聞き返した。

「あなたがなんでも知っているって」

瞳子がそう答えると、進は「志乃か」とつぶやいた。呼び捨てなのね、と瞳子はさらに冷めた気持ちになる。

「何から話せばいいかな、たぶん、最初から話すべきなんだろうな」

「最初？」

「そう。きみと出会ったときから」

ああ、神様。やめてください、これ以上私を傷つけないで。瞳子はむなしく祈る。

「僕がきみをはじめて見たのはきみが中学生の頃だ。きみは選ばれた女の子だけが着ることのできる制服を着て、病院の受付できみのお父さんと話していた。くったくのない笑顔を見て僕はいらいらした。そのとき僕は母を連れて待合室で会計が終わるのを待っていた。金が足りるかドキドキしながらね。家の近くのかかりつけのお医者さんに、一度大きな病院で検査してもらった方がいいと紹介されて、柊総合病院で診てもらった日だ。父親が死んでからうちは貧乏だった。母は心臓が悪くてね、先天的な欠陥があったんだ。だから重労働はできない。僕は中学校に入ってからずっとアルバイトをしてた。新聞配達だよ。信じられないだろ。作り話みたいだからね。でも世の中には新聞を配達する人間がいるんだ。僕は母の心臓病を治すためには医者になるのが一番安上がりだと思ってた。だから勉強した。勉強して働いて、勉強して働いて、国立大学の医学部に入った。奨学金ももらえた。勉強したよ。バイトもした。人に負けたくなかったから習ったことはその場で頭に叩き込んだ。働く時間を確保するために。そんなときさきみの話を聞いた。医学部じゃなく文学部に進んだって。ピンときた。きみは将来、医者の婿養子をもらうことになるだろうってね」

はじめて聞く話だった。瞳子の中で聞きたくないという気持ちと聞きたいという気持ちが戦っていた。耳をふさげばどうなるだろう? たぶんこの先ずっと聞きたいという欲求を抱えて生きなくてはならないだろう。そんなことできるわけがない。

「僕はこの病院のことを調べ上げた。脳外科医を欲しがってることがわかって僕は脳外科を志望した。先輩のつてを頼ってこの病院を紹介してもらった。母が世話になったことがあると言ったら院長はひどく喜んでね。あの人は皮肉がわからないからめでたく採用されたんだ。そしてきみに近づいた」

聞きたいのはそんなことじゃない。瞳子はいらだつ。

「当時僕にはつき合っている人がいた。幼い頃から親しくてね、妹みたいにいつも僕にくっついてきた子なんだ。彼女はずっと僕と生きていくつもりだった。きみと結婚すると言ったら彼女泣いてね。けど勤務医じゃ母さんの心臓を治せる金は簡単に稼げないことはわかってた」

どこかで聞いた話だと瞳子は思った。父の不在。病弱な母。夢より生活。愛より金。

「別れるべきだったのに別れられなかった。きみに子どもができたらそのときこそ別れるつもりで、彼女とときどき会い続けた。彼女がきみのことをどう思っているのか僕にはまったくわかってなかった。妊娠したとわかると彼女は産むと言い張った。僕は困った。けれどうれしくもあった。きみになかなか子どもができなかったから。それでもほんとに生まれてしまったら、自分の人生がどうなってしまうのかわからなかった。ところが、五ヶ月に入ったときに彼女がこう言ったんだ。この子は男の子だから、あなたにあげるってね。私が一人で育てるより、裕福なあなたのもとで豊かな生活を送る方が子どもにとってもいいはずだと言うんだ。彼女にしてみれば、かなりの決意だったはずだ。彼女の言っていることは正しいと思った。二人の子に貧乏はさせたくなかったんだ。それに自分の子を育てられるんだから文句はないと思った。僕は目の前が開けた気がした」

そこまで聞いた瞳子は、立ち上がると進を置き去りにして家を出た。

九月なのに、夜中なのに、外はまだ暑かった。ぬるい湿気を含んだ空気にいきなり包まれて、からだの輪郭がぼやけていく。とけてなくなりたい。そうふと思った。

人気のない歩道の脇を、ビュンビュン車が通り過ぎて、ヘッドライトが流れ星の尾みたいに引きずられて残り、消え、また現れ、引きずられて残り、消えていく。

瞳子は立ち止まりしばらくそれを眺めていたが、また歩き出した。車の多い道路を離れ、住宅街へと踏み込む。まだ窓には明かりがともっていて、その小さな光が瞳子の胸をチクチク刺した。

川沿いに歩きながら、瞳子はスマホを取り出し、少し迷ってから「起きてる?」と亮にメッセージを送ってみた。小さな四角いスマホの画面がいまはただ頼りない希望のかけらだった。

少し歩いたところで、「起きてる」と返信があった。立ち止まって「よかった」と打ち返し、川べりの柵《さく》にもたれて一息ついた。亮にならすべて話せる気がするのが、不思議だと思わないことに瞳子は気づかない。

「どうかした?」の文字が目に飛び込むと、思いがあふれてくる。

「さっきね、息子の父親が夫だったって知ったの」

「？」

「母親のことを知り合いだと言っていたのは嘘で、恋人だったのよ」

「愛人との子どもを引き取って、おまえに育てさせたってこと？」

「うん」

「ひどいな」

「それだけじゃないの。彼には心臓病の母親がいてね、母親の病気を治すために私に近づいて結婚したんだって」

「それも今日知ったの？」

「うん」

「大丈夫か」

「ううん」

少し間《ま》があいた。自転車が一台通っていく。スマホが震えた。亮からだ。

「悪いヤツにひっかかったな」

あの声だ、と瞳子はなつかしさに胸をふさがれる。

「いい人だと思ってたの」

「そりゃそうだ。結婚したくらいだもんな」

「名医なのよ。みんなそう言う。呼び出されればたとえ徹夜明けでも病院へ飛んでいく人なの。むずかしい手術をいくつも成功させて、たくさんの患者さんが一命をとりとめ、涙ながらにお礼を言われたことも数限りない。私はちゃんとこの目でそれを見てきたの」

そう言ってから、それだけが救いだ、と瞳子は思った。けれどほかに自分は進の何を知っているると言うのか。

「結婚ってなんだろう」

瞳子がそういうと、「オレもいまそれ思ってた」と答えが返ってきた。昔よく聞いたそのセリフを耳にして、瞳子はすぐ隣に亮を感じる。亮の身の上話を聞こうが聞くまいが、自分の気持ちは変わらない、と瞳子は思った。瞳子の心は、どう生活をしているかということではなく、生きている亮の心そのものに向かっていくから。

「私に起こったことって、まるで小説の中のできごとみたいね」

そんなふうに受け止めるしかない気がして、瞳子はそう言ってみる。

「そうだな」

「私が裕福な家に生まれ育ったことを、進さんも志乃さんも憎んでたのね、きっと。貧しさを知らないことが憎しみを生むなんて、物語の中だけのことだと思ってた。私が苦労知らずのお嬢さんだからだましてもかまわないって二人は思ったのよね」

「ひどい話だが、貧乏人が金持ちを憎むのは世の常さ。金持ちが愛に飢《う》えるってのもよくあるパターン」

「よくあるパターンか。でもさあ、私、やっぱり志乃さんを憎んでしまいそう。不思議に嫉妬心はわいてこないけど」

「それってダンナを愛してないってこと？」

「そうなのかな」

「愛のない結婚てのも物語の定番だよな」

亮と話しているうちに瞳子は話の内容に引き込まれていった。それは自分の身に起こっている現実ではなく、一般的な文学の話にいつのまにかすり替わっている。二人にとって文学は生活より大事に思えるから。そしてそうすることによって、現実から逃げ腰になっていることに目をつぶろうともしている。

「定番定番、定番のオンパレード。この話、どう展開していくのかな」

「ダンナと愛人が病院を乗っ取るとか」

「あの人たちは何十年もかけて壮大な物語を紡いでる。信じられないほど自分勝手じゃない？　私はまぬけな脇役ってわけよ」

「ほんとに大丈夫なのか？」

「大丈夫じゃない」

大丈夫なわけがない。けれど、しあわせな院長夫人でいたときより、なぜか胸を張って亮と話せる気がする、と瞳子は思った。バカバカしいほどそれがうれしくて情けない。ふしあわせな分だけ物語を背負ったから？　何事もなく満ち足りた生活は物語には値しないのだろうか。いや、しあわせな物語だってあるはずだ。けれど、瞳子は読んできた本の中にあるはずのしあわせな物語をどうしても思い出せない。

「ねえ、しあわせなお話って何かない？」

「しあわせなお話？」

「うん。しあわせなお話が思い出せない」

「しあわせなお話は記憶に残らないんだよ」

「『幸福な王子』は？」

「あれは泣く」

「『花咲かじじい』」

「どこがしあわせなんだよ」

「だって大判小判がザクザクなんでしょ」

「ポチ殺されるじゃないか」

「そうか」

「『みにくいアヒルの子』ってしあわせな話じゃない？」

「え、だって白鳥は母に捨てられるんでしょ」

「そういう話だっけ」

「あ、『若草物語』」

「ベスが病気になる」

「ベスが好きなの？」

「当然」

「てか、『若草物語』読んだことあるの？」

「ある」

「ええーっ、いつ読んだの？」

「学生のとき。瞳子と別れた後」

「ふうん」

「遅まきながら女の子を知りたくなってね。それからつい二ヶ月ほど前にも読んだ。なつかしくなって」

「あれ、続、第三、第四ってあるのよ」

「え？」

「ローリーはね、エイミーと」

「言うな言うな。読むから」

「え、いまから『若草物語』の続き読むの？」

「悪いかよ」

ごおっという街の騒音にかすかな川の水音が重なって、生ぬるい大気は濁《にご》り、空はほの明るい。

瞳子はいつのまにかさっき聞かされたショッキングな話を忘れかけている。進のことをとやかく言う資格など、自分にはないのかもしれない。こうして亮と話しているとうれしいのだから。

瞳子が黙っていると、「大丈夫か？」と亮が心配してくれる。

「ねえ、たとえそれがありふれたお話でも、登場人物にとってはたった一度きりの物語なのよね。しかも人生の物語は架空のお話じゃない」

「瞳子」

「なに？」

「愛のない結婚生活、楽しいか」

思いもかけない質問に、瞳子は絶句する。亮は責めている。嫌なら家を出ればよかったのだと。なぜ家を出て自分の好きな人と結婚しなかったのかと。

けれど愛がないと知ったのは、ついさっきだ。愛してはいなくても愛されていると信じていたのだ。なんてごう慢な女なのだろう。瞳子は自分に愛想をつかす。

いや、亮は自分に問うているのかもしれない。亮も途方にくれているのだ。現実という物語には終わりがないから、結末が見えたその瞬間にまた何かが始まるから、死ぬまで話は続くから。

14

「なに、やせた？　家でいじめられてるの？」

顔を見るなり沙織が心配そうな声で聞く。瞳子は「いろいろあるのよ」とごまかし、沙織の隣に座った。

「和久井は来ないよ」

前に座っている真二がどこかうれしそうに言う。瞳子はひどくがっかりしたが、「そうなんだ」と努めて平静を装って答えた。

「今日の議題はね、なんで和久井が新作を書かないのかってこと」

漠はそう言って、「で、柊さんも呼ぼうって話になったってわけ。何か思い当たることないか」と真面目な顔で聞く。

「え、私？」

「電話してないよな」

「え」

漠に問いただされて瞳子が思わず答えにつまると、沙織が手を出し、「はい、あたしに千円払いなさい」と笑う。真二は「しかたないなあ、柊さん、しっかりしてよ」と言いながら財布を出して沙織が出した手の上に千円札を置いた。

「波多野くんも早く」と沙織に言われ、漠は瞳子をにらむ。

「ちがうのよ、私が電話したんじゃなくて、かかってきたのよ」

瞳子はつい言い訳する。

「和久井が？　なんて」

真二の声はやさしい。

「なんかね、尾けられてる気がするから、私に尾行してくれないかって」

「尾行？」

沙織が繰り返した。

「うん」

「したの？」

「うん」

「誰か和久井くんのこと尾けてたの？」

「え、ああ、まあ」

「何よ、もったいぶらないで教えなさいよ」

沙織にあらためて聞かれると、瞳子は答えに再びつまり、三人の顔を見回した。

「まさか週刊誌の記者とか」

「だったら柊さんの尾行の方がやばいだろ」

「そっか。何よ瞳子、はっきり言いなさい」

「うん。あのね、麻衣子さんだったの、亮を尾けてたのは」

え、と三人が顔を見合わせ、「それ和久井くんに教えたの？」と沙織が聞く。

「うん。びっくりしてた」

それ以上何を言えるだろう。瞳子はぴたりと口をつぐむ。

「やばいよやばいよ、それ。せっかく落ち着いてたのに」

漠はそう言うとまた瞳子をにらむ。

「瞳子のせいじゃないでしょ」と沙織が代わりに言い返してくれるが、「柊さんのせいだよ」と漠はさらに言い返す。

「何もしてない、私はただ亮と何度か話しただけよ。いけない？」

瞳子の目がうるんできた。それどころじゃないのに。息子の生みの母が現れて、父親は夫だったとわかって、亮には愛のない結婚楽しいかと聞かれて、どうすればいいのか途方にくれてるのに。

「泣かした」

沙織が漠を責める。

「ここで泣いたらダメでしょ、柊さん」

真二がハンカチをテーブル越しに差し出した。瞳子はそれを受け取り、目を押さえ、「ごめん、家がゴタついてて」と吐き出した。

「そりゃそうだ。あんな記事見たらみんな黙っちゃいないよな」

真二はそう言うと、漠に向かって「もっと建設的な話をしようぜ」と笑いかける。

「悪かった。柊さん、ごめん。なんであいつが書かないのか、ほら、もうオレ尻に火がついてるからさ。退職、目の前でさ、いま原稿もらってようやくだから、あせってるんだよ」

瞳子は漠の顔を見つめ、「私がね、カンレキ女が主人公の小説なんてないって言ったら、俺が書いてやろうかって言ってた」と報告する。

「え、それいつ？　やだなあ、学生時代の話じゃないのか。いま書いてるのかな」

「書いてやろうかって言っただけよ」

「やっぱり二作目が売れなかったから迷ってるのかな」

「そうとも思えないんだよなあ」

「書いてって頼みなさいよ、瞳子が言えば書くかも」

「人の心配してる場合じゃないんだよな、オレも」

沙織の弾んだ声を真二がさえぎった。

「そうだよな。おまえもこれから勝負に出るんだもんな」

そう言うと漠はワインのボトルを持ち上げ、瞳子のグラスに注ぐ。どうもありがとうと瞳子はそれを一口飲む。

「あたしもいま曲がり角よね。工藤くん次第」

「なんで工藤次第なの？」

「工藤くんのやるネットショップで売り出すの」

「へえ。例のニセモノ？」

「ニセモノじゃなくってね、イミテーションよ」

「ものは言い様だね」

「そうだ、柊さん、相談に乗ってもらいたいことがあるんだ、また連絡するから」

「工藤さあ、よく働く気になるな。オレなんかもうほとんどエネルギー残ってないぜ」

「嘘つけ。おまえもまざれよ。出版部任《まか》す」

「また出版やんの？」

「腕が鳴るだろ」

「ほかには何売るの？」

小鉢に入ったアーモンドをつまんでポリポリかじりながら沙織が聞く。

「老人ホーム入所用のキット、カルチャーセンターとタイアップした教材セット、熟年用の旅行プランと旅行用品、おしゃれで簡単な葬式、コンパクトな墓。金を持ってて買い物が大好きな熟年相手に、新しい老後を提案していくサイトなんだ」

瞳子には真二のプランが身近に思える。そこには不幸の匂いがなく、学生のとき裕福な医学生たちに対して感じたのと同じ気兼ねなさが横たわっている。亮の不幸とは正反対の明るい消費生活。亮が瞳子に対して抱いている違和感は、消費主体の世界に瞳子が属していることに端《たん》を発している。たしかに自分も学生時代は消費を楽しむ者ではなかった、と瞳子は思う。困ってはいなかったがお金は持っていなかったし、最低限の生活が楽しかった。幸福な旅のような四年間。戻りたくても戻れない場所。

「なんか楽しそうね」と沙織が口にすると、「だろ？　なんてステキな第二の人生。いや、人生第三章かな。熟年に金を使わすぞ。持って死ねないからな、金は」と真二は明るい。

「和久井は鼻で笑うかもな」

漠がそう言うとみんなは黙った。

「ねえ、嘘ついたことある？」

突然瞳子が話題を変えた。

三人は顔を見合わせ、「なにいきなり、どうしたの？」と沙織が聞き返した。

「こうしてみんなと再会してみて、私、自分がわからなくなったの。みんなは学生時代の私しか知らない。でもいま私のまわりにいる人たちは学生時代の私を知らない。学生時代は何も嘘をつかなかったけれど、家に戻ってからの私はちがう。意図的な嘘じゃなくても、めんどうくさくて訂正しない事実があるの。たとえば瞳子さんは毎朝焼きたてのクロワッサンにエシレのバター、それにひと瓶千円のジャージー牛乳をル・クルーゼのミルクパンであったためて、ひきたての豆でいれたコーヒーでカフェオレを作って飲むのが好きってことになってるのよ。いや、そういうの一つ一つばらばらに好きだって言ったことはあるけどね、べつにヤマザキの食パンにマーガリンで満足するし、牛乳はカルシウムの多い明治のミルク買うしね。ミルクパンじゃなくてレンジでチンだし。ほかにもある。息子は私がハンバーグとまぐろが好きだって思い込んでるし、夫は黄色いバラを一番喜ぶと思ってる。母は私がピンクを好きだっていまだに信じてて、プレゼントはみんなピンク。いいのよ、べつに、そういうときだってたしかにあった。でもいまはハンバーグもまぐろも好きじゃないし、黄色いバラには飽き飽きしてるし、ピンクなんて着ようとも思わない。六十になると、そういう人の思い込みの上にできた自分像と自分のリアルの差に驚いちゃうことが多くなって。それは自分のせいでもあるんだけど、プレゼントされるとうれしくなくても大喜びするふりしちゃうし、フェイスブックで大げさに書いちゃったりもするし。工藤くんが言うじゃない。きれいにしてお金持ってて若々しいって。たしかにそう思われてるのよね。でも最近急にそれが居心地悪くなってきて」

瞳子が一気に話すのをほかの三人はぼんやりした顔で聞いている。

「和久井に何か言われたの？」

真二が絶妙の質問をすると、瞳子は顔を上げ、「亮に？」と思わず聞き返した。

「人は誰だって嘘をつくよ。めんどうくさくて訂正しないことで誤解されても気にもせず生きてる人が大半だよ。それにのっかってほんものの嘘つきになって利用してる人だってたくさんいる。でもね、たとえどんな嘘をついてても隠せないものがある。それはクセだ。柊さんは和久井から目が離せないんだ。学生時代もいまも、じっと和久井の表情を見つめてる。微笑ましいよ。そのときちょっとだけ唇をかむんだ。きみのクセだよ」

「あー、わかる」と沙織が口をはさんだ。たしかに幼い頃から何かに夢中になって集中すると、瞳子には唇をかむクセがある。

「和久井もそうさ。柊さんの言葉は一言も逃さず聞いてる。煙草を吸いながら組んだ足の先をリズミカルに動かすんだ。それがあいつのクセさ。柊さんの話を聞いてるって証拠だよ」

そんなクセがあるなんて知らなかった、と瞳子は思いながら真二の顔を見た。

「嘘を訂正しないのは、不都合がないからだろ。いやむしろ都合がいいからじゃない？　ほんとの自分なんて、誰でも彼でもに、わかられたらたまったもんじゃないぜ。いやその前に、柊さんは自分のことわかってる？　とてもわかってるようには見えないけど」

「それ、どういう意味？」

瞳子は少しムッとする。

「柊さんは欲しいものを手に入れないと気がすまない人間でしょ」

え、と瞳子は沙織と漠の顔を見る。二人とも全然驚いていない。

「やだ、そんなことないわよ。私、いろんなこと我慢してきたわ」

ほんとだ、と瞳子は自分に言う。

「わかってないな。だからオレが注意したんだよ」と漠が言った。

「注意した？」

「うん。この期《ご》に及んで、和久井を振り向かせようとするなんて、ダメだよ」

「そんなことしてないわ」

「してるよ。あいつ柊さんと再会してから変わった」

「和久井くん、瞳子に会えるかもしれないって思ってるから、あたしが呼び出しても来るのよ。かわいいでしょ」

沙織は笑っている。

「またもとの話に戻ってる」と瞳子はつぶやいた。

「柊さんが、嘘ついたことあるかなんて聞くからだろ。オレは楽しいよ、和久井と柊さんの話。年を忘れる」

「たしかに、年を忘れるわ」

真二のセリフに沙織はグラスを掲げ、「青春に乾杯」と言う。

「若気のいたりは許されても、年寄りの冷や水は命取りだぜ」

漠は少し怒っている。

「なんで波多野くんが怒るのよ」と沙織が漠の顔をのぞき込む。

「きみにはわからないよ。気楽な独りモンだもんな」

漠の言葉に、「あら独り者だって気苦労はあるのよ」と沙織が言い返す。

「結婚するより離婚する方がずっと大変なんだぜ。柊さん、よく考えて」

真二はじっと瞳子を見てあやすような口調で思いがけないことを言った。瞳子はなんと返事してよいのかわからなくて黙った。

「愛のない結婚生活、楽しいか」

自宅に戻ると、亮のその声がなんの脈絡もなくよみがえった。夫に愛されていない妻がどれほどみじめなものか、瞳子は進の告白から時間が経つにつれて、痛いほど味わっていた。そしてふと麻衣子を思い出す。恩義があるから別れられないと亮は言った。

愛のない結婚という同等の不幸が、瞳子と亮、二人を近づけてくれている。二人が同じように苦しんでいるのだと思うと、そのぶん悲しみは二倍にも三倍にも深くなり、それなのに瞳子はある種の喜びを感じることができた。亮が耐えているのなら、自分も耐えられるかもしれない。あるいは、亮が耐えられないと言うのなら、自分も耐えられないのだ、と瞳子は思う。それでも先の見えない現実がこわかった。平凡に年老いて主役を若い人たちに譲り、のんびりと老後を過ごす。そんなふうに人生がゆっくりと終わっていくのだと瞳子は思い込んでいたから。なんの根拠もなく。

進と優斗は寝に帰ってくるだけで、まったく言葉を発しない。優斗が父親のことを知っているのかどうか聞きたいが、なぜか聞けなかった。瞳子は自分を、進、志乃、優斗という本物の家族の絆《きずな》をさえぎる邪魔者のように感じ始めていた。もしかしたら、三人は仲良く同じテーブルについているのではないだろうか。そう想像し始めると、いてもたってもいられなくなった。

翌日、夕方に瞳子は病院に顔を出した。事務室に入るとみんなが瞳子をチラチラ見た。宮本志乃だけは顔を上げない。瞳子は事務長室のドアをノックして中に入った。

「なんのご用でしょう?」と事務長が立ち上がる。笑顔がやさしく、瞳子はこの人がいつからこんなふうに自分を見ていてくれたのだろうと思うと胸が熱くなった。

「宮本志乃さんの住所を知りたいの」

瞳子の言葉を聞いて事務長は何か言いたそうにしたが、けっきょく何も言わず黙ってファイルを調べ、メモ用紙に志乃の住所と電話番号を書いて瞳子に差し出した。

「ありがとう」と瞳子は受け取る。

「この病院は先代が苦労してここまでに育てあげられました。先代が亡くなられたいま、病院は瞳子お嬢さまのものです」

「私がパパの一人娘だから？」

「そうです。血を分けたたった一人の」

「できのいい娘じゃないけれど」

「そんなことおっしゃらないでください。お嬢さまは小さい頃、院長にそっくりでした。顔だけでなくおっしゃることもしぐさも、一目で院長のお嬢さまだとわかりました。好奇心旺盛で、病気の人にとてもやさしかった。お医者さまにならなかったこと、ほんとうに残念です」

事務長の声は、機嫌のいいときの父の声のように瞳子の胸にするりと降りる。

「私も残念よ。もしも私が医者になれていたら」

なれていたら、私は亮とも進とも会わなかった。もちろん優斗とも。院長として人々の尊敬を集め自分に自信を持ち、からっぽだと悩むこともなかった。でも現実はそうじゃない。

「いまでもじゅうぶん病院には尽くされてますよ。もっと自信をお持ちください」

事務長のやさしさについ甘えて、「私がいなくなったら困る？」と瞳子が聞くと、「もちろんです」と意外な答えが返ってきた。

「じゃあ院長がいなくなったら？」

「院長の代わりはいくらでもおります」

病院から戻ると、瞳子は進と優斗に夕飯がいるかどうかメールを送る。二人ともいらないと返事してくる。

まだ時間がある。瞳子はリビングのソファに座って亮の本を開く。

〉失業保険をもらいながら、響は毎日仕事を探しに出た。証券マンとしての経歴を生かすつもりはさらさらなかった。響はマネーゲームにうんざりしていた。憎んでいると言ってもいい。

ある日、ぼんやりと渋谷駅の近くのカフェでコーヒーを飲みながら外を眺めていたら、急に肩を叩かれた。見覚えのない老人が響の顔をじっと見る。

「木元さん？　東京証券の」

老人の声は思ったよりずっと若々しく、響は「はい」と返事をしながらすばやく相手の身なりを値踏みした。

「園田ですよ。信州機器の株を買ったんだ、あんたから」

そう言われて響はその声と口調に聞き覚えがあるのに気づく。

「あんたから買った株はあれからどんどん値が下がって、いまじゃ売ることもできない紙くずだ」

老人は見た目ほど老いていないのかもしれない、と響は思った。自分が売りつけた株のせいで老いてしまったのかもしれない。

「会社に訪ねていったが、あんたはいつも居留守をつかった」

「居留守なんてつかってません」

響は思わず言い返しながら、胸がひりひりして吐きそうになった。

「金に目がくらんだ自分を恥じたよ。楽して儲かることなんてないんだと思い知った」

老人はさらにじっと響の顔を見つめる。

「何か用ですか？　僕は失業してて、仕事探しで忙しいんだ」

こわくなった響は立ち上がる。買ったのはあんただ。損失は背負えない。老人が一歩近づいてきて、響は身の危険を感じ一歩下がった。

「なんだね、私が刺すとでも思ったか。罪の意識はあるんだな。そうか、失業ね」

老人は響の肩をとんと叩き、「お互い様ってワケだ。いい勉強をさせてもらったよ」と用意されたセリフを読むような口調で言った。

「用がないならこれで」

響は老人の手を振り払うと店の外へ出た。ちょうど青信号が点滅し出したところで、あわてて駆け出す。道路の反対側へ渡ってしまうと、響は振り返らずに歩き続けた。

歩いて歩いてどんどん歩いて、どこだかわからない駅から地下鉄に乗った。乗っているうちに少し落ち着いてきて、電車を乗り継いで家を目指す。

駅に着いて電車を降り、響はうつむいて歩き出した。ふと顔を上げると、最後の曲がり角に梢がしゃがみ込んでいるのが見えた。まるで友だちとケンカしてすねた少女のようなその姿に、響はホッとした。いつのまにか涙が頬をつたう。梢が響に気づいて立ち上がり小さく手を振る。

「どこ行ってたの？　遅いから心配になっちゃった。電話にも出ないし。いい仕事あった？」

矢継ぎ早に質問する梢を響は抱きしめる。

「どうしたの？　なんで泣いてるの？」

オレはただのゴミだ。こんなにも世界は広いのに、ゴミみたいなオレをひたすら待っていてくれるのはこの女だけなのだ、と響は思う。

この腕の中のぬくもりが愛でないならなんなのか、響にはわからない。


瞳子は七時になるのを待って家を出た。タクシーに乗り込み、教えてもらった住所を告げる。車が走り出すと、ビルや店を照らす光が流れてレーザービームのように消える。瞳子はタクシーの中で事務長の言ったことを何度もなぞった。院長の代わりはいくらでもおります。事務長は何か知っているのだろうか。知っていて、だから私を励ましたのか。意外なところに味方がいたことに瞳子は驚いていた。背中を押してくれる言葉にはじめて出会ったような気がして、背筋が伸びた。


宮本志乃は世田谷の古びたマンションに住んでいた。

タクシーを降りた瞳子は、大きく息を吸い、ゆっくり吐き出す。冷え切った空気が胸に少し残る。そして意を決してエントランスのテンキーに部屋番号を打ち込んだ。どちらさまですかと声がして、柊瞳子ですと返事する。一瞬間《ま》があり、ドアが開いた。瞳子は迷わず部屋まで突き進み、インターホンを鳴らした。ドアが開いて志乃が顔を出す。

「何かご用ですか?」と志乃は例の薄ら笑いを浮かべて聞く。玄関に男物の見慣れた靴がある。

「うちの主人、来てます?」と瞳子は聞き返す。

「ええ」と志乃は勝ち誇った顔で答える。瞳子はドアをぐいっと開き、志乃を押しのけて中に入った。

入ってすぐに八畳くらいの居間があり、夕食の並んだテーブルの前に進が座っている。奥の和室の壁にコートがかかっていた。

「進さん、あなたここで何をしてるの？」

瞳子が質問しても進は答えない。

「見ればわかるでしょ。夕飯を食べてるのよ」と志乃が代わりに返答する。

「優斗は自分の父親が誰だか知ってるの？」

瞳子は躊躇《ちゅうちょ》せず問いつめる。

「ああ、知ってる」

進はあきらめ顔で言う。

「つまり父親だけはほんものだと、そうあの子に言ったのね。そのことを私に教えてなかったことも話したの？」

「そんな話はご自宅でなさったら？　ああ、ろくに口もきかないご夫婦でしたわね」

志乃が薄ら笑いを浮かべたまま言う。

「優斗は来てないみたいね」

負けじと瞳子は言い返す。

「あの子は、私が身勝手に加奈子を置き去りにしたと思い込んで腹を立ててるのよ」

「その通りじゃない」

「ちがうわ。まあ子どもを産んだことのない人にはわからないかもしれないけれど、あなたに子どもを渡したことが深い傷になって、どうしても加奈子を抱けなかったのよ。何度も戻ろうと加奈子の姿を見に行った。でも優斗を渡したときのあの罪悪感がよみがえって足がすくんだ」

「子どもを育てたことのない人に言ってもわからないかもしれないけど、遠くから見てるだけじゃ子どもは育たないわ」

瞳子にそう言われて、志乃は一瞬黙り瞳子をにらみつける。

「やめなさい、二人とも」と進が止めに入る。

「優斗はどこまで知ってるの？」

瞳子は口を出した進をにらみ返し詰問する。

「父親は自分だ。きみはそのことを知らなかった、と話した。しかたないだろう？　まさかこんなことになるとは誰も想像もしてなかったんだ。けれど起こってしまったことはもとに戻せない。二人を別れさせなきゃならないのはきみだってわかるだろう。あの子たちに隠してはおけないんだ」

「隠しているのが耐えられなくなっただけなんじゃないの？　だってあなたは最初優斗に、おまえは養子だけれど実の子として育ててきたって言ったじゃない。嘘を重ねられた優斗の気持ちを考えたことある？」

進は顔を上げ瞳子をじっと見た。焼き魚と味噌汁の匂いが瞳子の髪にしみ込んでいく。

「気持ちを考えてどうなる問題じゃないんだよ」

瞳子は悔しくて涙ぐみそうになり、「進さん、私と別れてください」と声を絞り出す。

「離婚したいということか」と進はゆっくり聞き返す。

「ええ、そうよ。あなたたちに病院は渡さない」

進は一瞬ギロリと瞳子をにらみ、視線をそらすと、「きみは被害者気取りだが、病院の評判を落としているのは僕じゃなくきみの方なんだよ。いま僕たちが離婚したら、あのスキャンダルが真実だと認めることになるじゃないか。相手だって困るだろう。離婚は得策とは言えない」と低い声で言った。

「真実？　おもしろいこと言うのね。あなたたちがここでこうしていることが、誰にも知られないと思ってるの？」

進がまぬけな顔をしたので、瞳子は笑いそうになり、とたんに冷静になった。

「ねえ、あなた、こんなことして楽しい？」と志乃に向かって聞く。

「あなたが困ってるのを見るのが私には最高の娯楽なの。言ったでしょ、あなたは私がどのくらいあなたのことを嫌っているかわかってない」

志乃はそう言い返し笑っている。

「どのくらい嫌いなの？」

「ものすごく嫌い」

「進さんのことは？」

「ずっと好きだったわ」

「あなたはどうなの？」

瞳子は進の顔をじっと見て聞く。

「落ち着きなさい」と進は言う。いつもの命令口調がむなしく響く。

「落ち着いてるわ」

「きみにはすまないと思ってる」

「それ、あやまってるの？」

「ああ。きみの人生をずいぶん邪魔したからね」

「邪魔？　そうよね。手の込んだお芝居を続けて、まんまと院長にまでのし上がったんだもの。でもね、院長の代わりはいくらでもいるのよ。愛をとるか、金をとるか。あなたは迷うでしょうね。かつては金を選んだ。そして成功した。自分の母親を救《たす》けるために私を利用し、自分の子どもを私に育てさせた。その上その子を傷つけた。これ以上何もさせないわ。すぐに書類を用意します、院長は解任よ」

「きみに院長を解任する力なんてないよ」

進は開き直り、横で志乃がうなずく。

「いいえ、私にだってそのくらいできる」と瞳子は言い返す。ほんとうにできるのだろうか、と心の中で自問しながら。

15

善悪の判断は、それが大して重要でないときに容易なのだ。

いま自分が置かれている状況を善悪という基準で整理しようとして、瞳子はそれに気づいた。ならば感情で、と基準を変えようとして、瞳子は立ちすくむ。怒りが自分の中で煮えたぎっていたから。怒りはまず進に向かい、それから志乃に向かい、いまでは子どもを買うことを提案してきた父に向かっていた。そして、こんな事態に陥らないために、自分が何もしなかったことを信じられない思いで振り返るのだった。

あの頃自分は、なんらかの理由で子どもを育てられない女のことを憐れみ、代わりに自分が立派に育ててあげるのだという幼稚な発想を疑いもしなかったし、むしろそれがいいことのような気さえした。

複雑な物語に巻き込まれることを想像だにしなかったのは、現実と物語をはっきりと分けていたからだ。しかも瞳子は文学を愛するあまり、そこに描かれていることは現実より詳しく正確であると思い込んでいたのである。それはさまざまな因果関係がからみ合う現実の複雑さをきれいに整理してくれたものが物語なのだということを、瞳子がまるで理解していなかった証でもある。けれど、この年になるとわかってくる。現実は物語と比べようもなく奇妙で、人は信じられないほどの振り幅で軽薄と深遠の間を何の法則もなく行き来するのだということを。だからこそ、老いていく人間は、物語という説明のつく嘘を求めてやまないのだ。

最終的に怒りはすべての登場人物を超えて、運命というべきものに向かった。これもまた物語の定番だ。たった四年間自由に生きただけで、残りの五十五年は、親の望むように、病院のために、与えられた場所で与えられた役割をこなしてきた。けっしてわがままを言ったことなどないのに、と瞳子は悔しさのあまり涙ぐむ。人はまるで瞳子が運命と戦っていないかのように思っているかもしれないが、それはちがう。私は運命から逃げなかったのだ。運命を受け入れることも戦いなのだ、と瞳子は叫びたかった。文句を言える相手がいないだけでなく、優斗に責められる立場であることが瞳子を苦しめた。このまま優斗に許してもらえなかったら、と思うと瞳子は泣きたくなった。

進を愛してないから別れる。筋は通っている。けれどそれは自分のためというより、亮に申し開きをしたいためだけのような気がして、瞳子は進にタンカを切ったあの夜からときどき言いようもなく不安になった。

なぜ亮は麻衣子を愛していないと自分に告白したのか。ただ嘘をついていることが苦しかったのか。それともすでに心は自由なのだと知っていてほしかったのか。もしかしたら、麻衣子が亮を愛さなくなる日がくるかもしれない、そう思うと瞳子の心は揺れた。

だとしても、どうなるわけでもない。瞳子は自分の年を思い出してはため息をつく。何かをやり直すには遅すぎる。真二は人生の第三章が六十から始まるのだと言うけれど、鏡をのぞくと年老いた自分がそこにいて、いまさら嘘を正したところで時間をさかのぼれるわけでもなく、積み上げてきたものを失うのは激しいむなしさを伴う苦行でしかないと思えた。たとえ嘘がまじっていても、六十年かけていまの自分をつくってきたのは自分なのだから。

嘘はいけないことなのか、亮に聞きたい、と瞳子は思った。いま信頼できるのは亮しかいない気がする。亮がいけないと言えばそれはいけないことになる。嘘でもかまわないと亮が言えばかまわないのだ。ほんの少し話すだけで自分が充たされて、亮の言うことならすべて素直に受け止めることができるのはまるで魔法のようだった。

それがどういうことなのか、次の週に麻衣子が病院にやってきたときに、瞳子は思い知ることになった。

病院に呼び出された瞳子は、そこに待っていた麻衣子に「私たち引っ越しましたから」と言われてもどうしてだか信じることができなかった。

「どちらに?」と反射的に瞳子が聞くと、「あなたに教えるわけないじゃない。和久井とあなたを引き離すために引っ越したんだから」と麻衣子は早口で答える。

折れそうに細いからだ、少年のようなショートカット、整った目鼻立ち、ボーイフレンドデニムにグレーのスウェット。瞳子は麻衣子のかざらない美しさに圧倒され、と同時に、この人に亮を取られたのだと思った。

そうだ、一度は私のものだったのに、と瞳子は主張したい気になる。「柊さんは欲しいものを手に入れないと気がすまない人間でしょ」と真二が言ったのを思い出した。麻衣子に亮を取り上げられて、瞳子ははっきりと自分の気持ちに気がついた。私は亮を取り戻したいのだ。

頭に血が上った。顔が赤くなるのが自分でもわかった。麻衣子が憎たらしくて、どんどん嫌いになる。

亮はあなたを愛してないのよ。瞳子はそう言いそうになるのを我慢した。言ったところで麻衣子を怒らせるだけだ。麻衣子を怒らせたら、もう二度と亮に会えなくなるかもしれない。それに、愛されてないと知らされたら麻衣子は傷つくだろう。

愛、愛、愛。愛の何がそんなに問題なのよ、と瞳子は思いもする。麻衣子はほんとうに亮を愛しているのだろうか。こんなことが愛なのか。

「話はそれだけよ。あの人にかまわないで」

麻衣子はドアに向かって歩き出し、しばらく行ってから振り返ると「私たち、別れませんから」とはっきりと、まわりの人にも聞こえる声で言い捨て出ていった。

ちらちらと人が自分を見ているのに気づき、瞳子は逃げるように病院を出て、自宅に戻る。

私たち？　そうだ、結婚すると自動的に二人は「私たち」になる。瞳子の「私たち」は自分と進のことだ。三十五年間そうだった。進の嘘を知るまで、離婚を考えたことはない。

結婚とは「私たち」をつくる制度なのだ。そうやって安心するための。進の妻で優斗の母で、その立場が自分を安心させてきたのかもしれない、と瞳子は思う。立場は立場であって瞳子自身とは何の関係もないのに、それをすべてだと自分は考えていたのではないか。

亮に会いたい。会って話したい。

瞳子はコートを羽織りバッグをつかむと、タクシーで自由が丘まで行く。駅前で車を降り、まずダブに行ってみる。

亮はいない。

無数の店が集まる自由が丘の駅のまわりを、瞳子はあてもなく歩き回った。無数の見知らぬ人間とすれちがうたび、それが亮でないという理由だけで、冷たい胸を殴られ続けているような気がした。さびしかった。

考えてみれば、一人の人間が人生で出会うことのできる人の数はそう多くはない。こんなにもたくさんの人がいるというのに。だから人は物語を求めずにはいられないのだと瞳子は思った。小説やドラマやコミックの物語の中で、人は人と出会うことができる。その人の考えていることを知ることもできる。物語の中の人間は本音をさらしてくれるから、人は物語を、物語の中の人に出会うことを求め続ける。物語の中の人間は本音をさらしてくれるから、それがありきたりな物語であればあるほど、人はその本音に深くうなずき共感して安心を得ることができる。自分だけではなく人には裏表があり、誰もが演技力を持ち、生きるためにいいことだけでなく悪いこともするのだと、物語は請け合ってくれるから。

いつのまにか、瞳子はあの日麻衣子を追った道に迷い込んでいた。離婚話は暗礁《あんしょう》に乗り上げている。病院の赤字を解消したのは僕で、優秀な院長は今後も必要とされており、脳外科にやってくる患者を放ってはおけない。瞳子の評判をこれ以上落とすわけにもいかないし、何より、いま優斗を置いて出ていくわけにはいかない。自分はほんとうの父親なのだから、と進は主張した。それに、理事でもないきみに僕を院長から引きずりおろすなんてことはできない、とあらためて冷ややかに笑った。

瞳子はゆっくりとその細い道を歩き、角を曲がって次の道に出た。自分がどこにいるのか、もはやよくわからない。あのときは亮の背中を追いかけていたから少しもこわくなかったのに、いまは心細い。

人の流れにうまくとけ込めず、いつのまにか瞳子はチェーン店のカフェのドアの中に押しやられた。店内は混んでいて、若いカップルが何組かカウンターの前に並んでいる。瞳子はぼんやりとその姿を眺めながら優斗のことを思った。私は自分が医者にもなれず、跡継ぎも産んでいないと責められるのが苦しいという理由だけで、あの子を地獄に突き落としてしまった。そんなつもりは毛頭《もうとう》なかったけれど、結果的にそうなってしまった。私のもっとも望まない息子のふしあわせを、私が呼び寄せてしまった。いったいどうすれば優斗を救い出せるのか。それを思うとまた胸が痛くなる。

ドアが開いて女たちと一緒に冷たい外気がどっと押し寄せ、瞳子は目を上げた。

「瞳子、こんなとこで何やってんの？」

そう声をかけられてハッとする。入ってきた女たちの中に沙織がいたのだ。沙織はほかの女たちに何か告げて頭を下げると、瞳子の目の前にやってきた。

「瞳子？　ちょっとお、しっかりしなさい。あんた、幽霊みたいよ。やだ、泣いてるの？」

沙織にいわれて、瞳子は自分の涙に気づき、あわてて指で頬をぬぐう。

「まさか、亮のこと探しにきたんじゃないでしょうね」

「もういないみたい」

「そうよ。もういないのよ、ここには。ちょっと座らない？」

沙織はそう言うと、瞳子を空いたばかりのカウンター席に座らせ、コーヒーを買って戻ってきた。

「はい。一口でいいから飲みなさい」

隣に座ると沙織はカップを瞳子の手に握らせた。冷えた指先にコーヒーの熱が伝わると、瞳子は急に寒気を覚えた。

「寒い」

「だから飲みなさいって。いったい何してたの？」

「歩いてたらどこだかわからなくなって」

こりゃ重症だ、と沙織は笑った。

「亮が恋しいのね」

「私、離婚したいって夫に言ったの」

コーヒーを一口飲んで少し気を取り直し、瞳子は沙織の顔を見て報告する。

「和久井くんと関係あるの？」と沙織は真面目な顔で聞く。瞳子はそれには答えず、「彼女の家に乗り込んだら、あの女と夫が仲良く夕飯を食べてた」と言う。

「なに、どういうこと？」

沙織に聞かれ、瞳子は事情を話した。

「それはまたハードだわねえ。瞳子、大丈夫？」

「あの女は何を欲しがってるの？　夫？　息子？　それとも病院？」

「うーん、瞳子に対して複雑な感情を抱いてるはずよ。恋人を取られてうらんでる。そして息子も」

「だって自分から差し出したのよ」

「そこが食わせものよね。渡すときから、育てさせて途中で奪おうと考えてたのかも。だとしたらこわい。でもさ、お金も受け取って別の人と結婚までしたのよね」

「うん。ほんとうに姿を消したらしい。でも子育てを放棄して、それも私のせいだって。逆うらみよね。それに、それでもけっきょく進のところに戻ってきてる」

「そいつはなんというか、感動的」

「沙織」

「ごめんごめん。でも瞳子にはその気持ちがわかるんじゃないの？　だっていまになってもまだ亮のことを想ってるんだから」

沙織に痛いところをつかれた瞳子は、それはそうだけどとつぶやき、あっというまにぬるくなってきたコーヒーを飲む。香りも味ももうどこかに消えてしまったのか、ただ苦いだけの液体は、瞳子につらい現実を思い出させる。

沙織は瞳子の顔をのぞき込み、「誰かに相談できないの？」と聞いた。

「それが、誰が味方で誰が敵なのかわからなくて」

瞳子は情けなさそうに答える。

「なんだかまるでテレビドラマね」

「私、脇役よね。わかってる。優斗を主人公にした物語にしなきゃだめなんだって」

「なにいじけてんのよ」

沙織が笑う。

「油断すると置いていかれそうになるの。私がどうしようと、あの人たちはおかまいなしなのかも」

「あたしには完全に瞳子と亮が主役の物語に見えるけどな」

沙織にそう言われて、「主役を張るには年を取りすぎてるわ。自分の年がこんなに気になったのははじめて」と瞳子はため息をついた。

「年は関係ないよ」

「私、四十年間何やってたんだろう」

「私はひたすら毎日をこなしてたよ」

「リルケが言ってたのよ。さも忙しそうにしている大人は、大事なことを見ないようにしてるって。それがだんだんよくわかってきた。いずれ人は死ぬとか、愛を守るのは大変だとか。そういう大事なことから目をそらしてた。ちゃんと卒論に書いたのに、自分が一番わかってなかった。もう一度やり直したい、十八から」

「でもきっと、また同じなのよ」

「そっか。そうよね、同じ人間なんだもの、ね」

「だからいまからでも遅くないのよ、がんばりなよ」

沙織の声はあたたかく、けれどどこか遠くて、瞳子はうつむく。

16

瞳子は孤立していた。進も優斗も家に帰ってこない。事情を知って激怒した母の早苗からは、院長を追い出す策が見つかるまでおとなしくしていろと言われている。進が院長に就任してから病院は黒字に転じているし、宮本志乃は進のブレーンとして病院改革のさまざまなアイデアを出していて、評価されているらしい。意外な話に瞳子はとまどった。

どこにも逃げ場はなかった。亮は電話に出なかった。マンションのリビングのソファに座って、瞳子は出かける用事をすべてキャンセルし、しかたなく、けれど一縷《いちる》の望みを胸にひたすら本を読んだ。本の中で、少女は木の間をくぐり抜けてブランコに乗り、少年は嘘をつきながら川を下り、四人姉妹の次女は作家を目指し、オオカミ王は好きな女のために命を落とした。

〈「はじめからやり直したって、どうしてわるいかしら?」「いいえ、だめ。あたしはもう年をとってしまって……あなたはまだお若い……。あたしのことなんかお忘れになって! ほかの女のひとがあなたを好きになるでしょうし……あなたはその人たちをお好きになるでしょうよ」〉

青年は自分が恥ずかしくて懺悔《ざんげ》し、娘は受けた傷に耐えられず死を選び、男は女を憎んで殺し、女は別の男を愛して恋人を捨てた。兄弟は貧しさゆえに引き裂かれ、裕福な未亡人は金の使い道がわからない。人は学校に通い、さまざまな職業につき、病に苦しみ、成功したり失敗したりした。大昔でも遠い未来でも物語の中で人は常に人生に迷い、権力を争い、他人を傷つけた。

〈だから、わたしたちはちゃんと準備して、十分用心してかからねばなりませんよ。「幸福」たちはたいていごく善良なんだけれど、でも、中には一番大きな「不幸」よりもっと危険で不誠実なのもいますからね。〉

ある日、人は日常を奪われ非日常に投げ込まれ、全力を尽くして日常を、たいていは新しい日常を取り戻す。ときに人は日常を取り戻すことに失敗して死に、ときには取り戻すことをあきらめて、あるいは非日常が終わらないようにがんばり続ける。それが物語だった。

どんなに特異な人生も、文学の世界ではすべてがありきたりの物語にされる。小説より奇なる事実をもとにした物語がありきたりなのは、考えてみればあたりまえだった。

〈人間も長生きすると、いろんなことを見ているので、この世界にべつだん新しいと思うこと

はありませんなあ。〈
　ありきたりの物語は瞳子をなぐさめた。作家たちはあの手この手で登場人物と物語をつないでいたからだ。物語と登場人物がリアルにつながれているということが、瞳子を励ました。物語がどうころがっていこうと登場人物たちはけんめいについてゆく。物語という彼らの現実を手放したりはしない。手放させない。作家たちは、唯一の味方だった。手に負えない現実におじけづいている瞳子に、それを物語として受け止め解釈することで、現実に立ち向かえと教えてくれる。
〉どんなふうに生きているんだい？　真剣にかい？　信念をもって？　どうしたらうまく生きられるのか、教えてくれないか。〈
　眠れぬ夜、瞳子は亮の書いた二冊の本と亮の好きだったカミュの『ペスト』を何度も読んだ。『曲がり角の彼女』を読むたび、瞳子は人間の執着心について考えさせられた。志乃が何を望んでいるのか、進の真意がどこにあるのか、瞳子はその本を読みながらあれこれ思い悩んだ。『陽のあたる場所』を読むと、書かれていないことを果てしなく想像して現実を忘れることができた。瞳子にとってその本はシェルターだった。そしてカミュの『ペスト』は大学のとき亮に教えられて読んだときと、まったくちがう物語になっていた。
　そもそも亮に勧められてその小説を読んだとき、瞳子は医学部に入れなかったことをようやく忘れ始めたばかりで、突然街を襲ったペストから市民を守ろうと働き続ける主人公の医師の姿になかなか感動できなかった。瞳子がそのとき感じたのは、そのような苦境にあって、医学もまた万能ではないという現実で、偏差値の差から激しい劣等感に苛まれてきた瞳子には、それがある種救いとなった。けれどすばらしい小説であることは瞳子にもわかった。なぜなら、おもしろかったからだ。

二人はよく『ペスト』が何を表しているかについて話したものだ。もちろんそれは「不条理」なのだが、十八歳の二人にとって不条理なことはなかなかリアルに思い浮かばない。疫病はもとより、戦争も思想統制も頭の中でのことで、「だけど気づかないうちに毒されているとしたら、僕らがリアルに感じてないことこそペストの思うツボなのかもしれない。たとえば資本主義とか」と亮が言っても瞳子はピンとこない。

「私がおもしろいと思うのはね、ペストを生きもののように書いてるところ」

そう瞳子が言うと、「そういうふうに書くとよくわかるからだよ」と亮は答える。

亮は瞳子が病院の娘だとは知らずにその小説を愛読していたわけで、あとから考えてみればその偶然には運命的なものがある。三十七年経って、いやその本を読んでから四十一年経って、カミュの『ペスト』が眠れぬ瞳子に何かを教えることになろうと誰が想像しただろう。実際、瞳子はカミュという作家が三十四歳という若さで書き上げたこの小説から学んでいたのだ。

『ペスト』もまたありきたりな物語の典型だった。ある日突然、アルジェリアのオラン市の人々は、抗《あらが》いがたいペストの力が支配する非日常に放り込まれる。市は隔離され、市民はどこにも出られない。ペストにかかった人は次々死んでいく。次は自分の番かもしれない。人は混乱し、弱気になり、強気にふるまい、やがてあきらめて非日常を受け入れる。

物語の中で、個人はそれぞれの生き方を貫いて、小さな物語を紡ぐ。流される人、流されない人、変わる人、変わらない人。それぞれにそれぞれの理屈があって、限界にぶち当たりながらいつしか非日常に慣れていく。好むと好まざるとにかかわらず。やがてペストは衰え、去っていき、生き残った人々は日常を取り戻す。

あの頃より瞳子を魅了したのは登場人物の心の動きだった。学生時代には目にも入らなかった彼らの生活の細部が浮かび上がり、その人の歴史が身につまされた。崇《あが》めていた歴史的名作がひどく身近に感じられる。比喩的ではなくリアルなものとして。そして自分が、そして優斗が経験しているどうしようもない現実に似た不条理なものに対して、登場人物がどう思いどう行動するのか、自分の感情はあり得るものなのか、自分はどう行動するべきなのか、祈るような気持ちで答えを物語の中に探していることに気がついた。何をすれば、そして何をしなければそれはどういう結末を迎えるのか、目を皿のようにして文章を追っている。物語に解答を、そして現実的な救いを求めている。架空の『ペスト』のリアリズムがその欲求に応じてくれるのだ。「この先自分の力ではどうしようもないものに翻弄されることがきっとあるだろう。そのときにオレたちはもう一度これを読むことになるよ」と亮が言っていたのを瞳子は思い出す。

　何度かこの小説を読んでいて、瞳子はあることに気がついた。非日常でその人がどう行動をとるかは、それまでその人が日常をどう生きてきたかと、非日常の中で誰と出会うかとに大きく左右されるということだ。

　ペストの主人公、医師のリウーは、非日常の中でも変わらなかった。それは彼がそれまでも正直に生きてきたからだ。優斗はきっと変わらないだろう。彼は嘘をついていないから、自分を貫くしかないのだ。でも私はちがう、と瞳子は思う。進も医師だけれど、彼も嘘をついていた。私たちだけじゃない。亮も志乃も嘘つきで、麻衣子は病んでいる。

　それぞれが何を望んでいるかを知れば、物語がどう進むのかがわかるのではないかと瞳子は考える。けれど進が何を望んでいるのか想像できなかった。それは進のことをよく知らないからだ。志乃も、麻衣子も、亮でさえ、何を望んでいるのかを想像するのはむずかしい。なぜならみんな平気で嘘をついてきた人間だから。

瞳子は物語の限界をひしひしと感じる。人間は物語の登場人物ではない。矛盾に満ち、つじつまの合わないことを平気でし、そのまま生き続ける。そこには虚構の中でいきいきと感じとれるリアリティがなかった。

ただ漠然とわかっているのは、全員がもとの日常に戻ることをよしとしないだろうということだ。そして全員の利害は一致しないということ。誰かが勝つためには誰かが何かをあきらめなくてはならない。私はすでに優斗をあきらめかけている。一番愛しているから。病院を進の手から取りかえし、志乃を黙らせ、できれば優斗に憎まれないためには何をすればいいのか?

亮から電話がかかってきたのは真夜中だった。

「元気か」

のんびりした声に、瞳子はあわてて報告する。

「麻衣子さんが病院に来て、引っ越したって。亮と私を引き離すためだって」

「ほっとけよ」

「いまどこにいるの?」

「都内。セキュリティのもっと厳しい部屋に移った」

「どこだか教えてくれないんだ」

「知らなくていい」

ふうん、と瞳子は答え、その意味を考えた。麻衣子の顔が浮かぶ。

「奥さんが私を攻撃するかもしれないから?」

「おや、瞳子もそれなりに頭を使うようになったってわけか」

「ひどい。まるで私がいままで何も考えてなかったみたい」

ふふっと亮の笑う気配がする。

「そうね。そう言われると、たしかに私は、半分頭をカラにして生きてきたのかも。でも、それなりに充実してはいたのよ」

「それなりに充実してはいた」

「亮は人のために生きたことないの？」

「人のために生きたこと」

「繰り返すのやめて」

「ごめんごめん」

瞳子は、こんな夜中に一人で家にいて、亮と電話で話していることをひどく不思議に思いせつなくなった。なんでいまになって、亮が現れたのか。現れることがわかっていたら、もっと別の生き方があったのではないか、と瞳子は苦々しく思う。

「そんな気がするだけだよ」と亮が瞳子の心を見透かしたようなことを言う。

「そんな気がするだけだよ」と瞳子は言ってみる。

「繰り返されると、むかつくね」

亮の声は深くて少しざらざらしていて心地よい。

「自分のためだけに生きてる人間なんていないさ」

「それはずいぶんと励みになるセリフだわね」

「たまにはいいこと言うだろ」

「うん」

「瞳子はお父さんの病院を守らなくちゃならなかった。オレは病気の母親と弟を守らなきゃならなかった」

「うん」

「それは、言い訳だ」

瞳子は黙る。

「なあ、あの頃オレらは自分が六十になることすら想像できなかったよな。若かったし、何になりたいか大人に何度も聞かれて、何かになれると思い込んでた。胸張って答えたもんだ。〇〇になりたいってね。だけどよ、オレらは何かになれるわけじゃなかったんだ。何になりたいか聞かれたときには、もう何かになってて、それが何だったのかを時間をかけて知っていくだけなんだよ」

　これは釣り針だ、と瞳子は思う。

「言ってることがよくわからない」

「そう。わかりにくい。だから人はお話を作るんだ。お話にして説明してきたんだよ」

　わかっていても瞳子はエサに喰《く》いついてしまう。

「もう何にもなれないの？」

　針が食い込んだ。

「もうなってるんだよ。それを知りたくなくて、人は時間をつぶすんだ。嘘をついて。あるいは、他人のお話に首を突っ込んでね」

「ずるいわね」

「そうだよ。人は自分を守るためならなんだってやる生きものなんだ」

瞳子は唇にひっかかった釣り針を自分で抜く。海に戻った魚は一目散に沖を目指す。

「男の子がハードボイルドを好きな理由がやっとわかったわ。自分は関係ないと思いたいからね」

「やっぱりおまえ、少しは賢くなったんだな」

これはほめ言葉だ、と瞳子ははにかんだ。最後に誰かにほめられたのがいつかさえ思い出せないほど、瞳子は誰にもほめられないまま生きてきたから。いや、あの日優斗がほめてくれた、母さんは芸術が好きだもんな、と。

「ほめたんじゃないぞ」

「いま一人なの？　電話してて平気？」

「そんなこと気にするなよ」

「亮」

「質問するな」

はい、瞳子は返事をする。

「『若草物語』を読んだよ」

「私は『ペスト』を読み返してる」

「おお、なつかしいな」

「『ペスト』みたいな小説を書きたかったんじゃないの？」

「質問禁止」

「ごめん」

「なんでもいいんだよ。オレの書いた小説を誰かが読んでくれるだけでいいんだ。読まれるだけでも奇跡みたいな時代だからな」

文学が二人をつないでいる。つながれた場所に亮が誘うから瞳子はそこへ逃げ込み生活から逃れようとする。

「私、二冊目の本、好きよ。数学の先生の話がとくに。どうして彼はテディベアを集めていたんだろう。女の子に声もかけられない数学の先生が、ロンドンまでアンティークベアを買いに行くなんてことがあるのかしら。数学の先生だけじゃない。バナナしか食べない認知症のおばあさんはなぜ電話番号だけは忘れないのか、下着を使い捨てる青年実業家はなぜ木曜日には必ず水玉のネクタイをしめるのか、誕生日のパーティーにわざわざいじめっ子を招いたいじめられっ子は最後になんと言って彼らをおびえさせたのか、アル中のミュージシャンは二十八年もいったい誰からの手紙を待っているのか、太ったフレンチの有名シェフはなぜサプリメントしか摂《と》らずに効能書きを暗記しているのか、どこにも書いていない。気になってしかたがないわ。不思議な本よね」

返事はない。けれど亮は瞳子の言葉をさえぎりもしない。売れなくても手ごたえがあったはずよ、私にはわかる。だってステキなお話だもの、と瞳子は思いながら話す。

「また何度も読み返してるの。私、いま独りぼっちで部屋に閉じこもってて、本を読む以外何もできることがなくて」

亮が黙っているので、瞳子はその横顔を思い浮かべながら話し続ける。

「物語って不思議よね。毎回ちゃんと文を追って読んでるつもりでも、なぜか心に残るのは読むたびちがうところだったりする。自分に有利な言葉だけを目が拾ってしまうからかも。でもね、何度も繰り返し読むうちに気づくの。つまり、いいこともあれば悪いこともあるって意味だって。

どんな物語もそれに尽きるの」

部屋は静かだった。少しずつ気温が下がって、ベッドの上に座っていた瞳子は毛布にくるまってスマホを握り直す。

「ね、気が楽になったでしょ。どんなに張りきって書いたところで、いいこともあれば悪いこともあるってことしか書けないのよ。がんばってもムダなの」

ハハハと亮が笑った。今度は低すぎず柔らかな響き。

「お酒飲んでないで、新しい小説書いてよ。待ちくたびれちゃった」

「瞳子」

「なに」

「煮詰まってんな」

「うん」

「どっかに行きたくならないか。どこか遠くに、二人きりで」

「いいわね」

「あの詩集の表紙覚えてる?」

「詩集？　花邑ヒカルの?」

「そう」

「あれパリよね」

「そうらしい。行こうぜ」

「すてきね」

「いつか行こう」

「うん」

亮が黙る。瞳子は「あの詩集、読み直してみたわ」と言ってみる。

「私たちが好きだったあの詩、『あなたがはいというから』を読んで、私、泣きそうになった。いい詩だわ。ちっとも色あせず、それどころかずっと鮮明になってる。私、ほんの少し救われた気がした」

「オレも小説で誰かを救えるかな」

亮の問いが閉じ込められた闇の中でくっきりと浮かび消える。瞳子は答えられない。

「つらいか？」

亮が聞く。

「つらい」と瞳子は言う。

「一番大事なものは何か、それさえ忘れなきゃ大丈夫だよ」

「一番大事なもの？」

「なんだろな」

亮の声を聞きながら、スマホを握りしめて毛布にくるまれ、物語のことは忘れて瞳子はやさしい眠りにつく。あの詩集にあった一行を思い出しながら。一番大事なものは「こころ」。

17

十月に入ってすぐ、真二が瞳子を訪ねてきた。新しい事業のことで相談したいという。

「元気にしてた？」

マリアージュ フレールの缶入りの紅茶と、デメルのサワースティックをおみやげに持ってきた真二は、「それ、ヌワラエリアってスリランカの茶葉なんだ。香りがね、いいんだよ。柊さん好きそうだと思って買ってきた」と言ってソファに座った。

「工藤くんってそういうのも詳しいのね。亮とはちがうなあ」

瞳子はそう言ってから、亮のことなんてなんにも知らないのに、と思う。

「和久井から連絡あった？」

「麻衣子さんが病院にやってきて、その後一度だけ電話してきた。何度もかけてるんだけどつながらないのよ。どこに引っ越したか工藤くん知らない？」

「知ってても教えないよ、柊さんには」

「どうして？」

「問題を起こすから」

「誰が？」

「柊さんに決まってるだろ」

「人聞きの悪いこと言うわね」

紅茶を運びながら瞳子は笑って抗議する。ヌワラエリアの甘い香りが鼻をくすぐり、自分が属している世界を思い出す。瞳子はたしかにこの香りのいい紅茶が好きだ。

「ねえ、あんなにお酒を飲んでて、亮は体をこわしたりしないのかな」

瞳子は面と向かって亮に聞けなかったことを真二に質問してみる。真二は少し間《ま》を置いてから「体によくないことは確かだよ」と言う。含みがある言い方だ。

「心配だな」

「ちゃんと病院に行って薬を飲み出したって波多野が言ってた」

「病院？　病気なの？」

「健康とは言えないだろうね。でも麻衣子さんがついてるんだから大丈夫だよ。他人のことより、自分の人生しっかり生きなきゃ。家庭は大丈夫なのかい？」

「そうよね。工藤くんの言う通りよ。他人の心配してる場合じゃないのよ」

そうだ。亮に会いたいとばかり思っているわけじゃない、と瞳子は胸の内で言い訳する。

「もっと前に出るんだよ。医者じゃなくたって病院には関われるだろ。きれいなだけの奥様なんて、柊さんには似合わない」

真二は伊万里焼の紅茶カップを手に、人なつこい笑顔で言う。

「ふうん。前と言ってたことがちがうじゃない。じゃあ私にどんな役が合ってるっていうの？」

瞳子は真二の目をのぞき込んだ。亮とはちがってそこには穏やかな光が充ちている。

「そうだなあ、やさしい殺し屋」

「なにそれ」

「オンチの歌手。スタミナのないマラソンランナー。笑えないコメディアン」

「どういう意味？」

「ありそうでなく、なさそうであるもの。柊さんってそういう存在だったよ」

「だったよ？」

「いまも変わってないように見えるけど、気のせいかな」

真二の言葉は、このところ瞳子を悩ませていた敗北感をそっと吹き消す。

「それってほめてるの？　それともけなしてる？」

「もちろんほめてるんだよ。この年になると死ぬこと以外に神秘的なものになかなか出会えないからね。柊さんは貴重な存在」

「ほめてるんなら許すわ。で、何をしてさしあげればよろしいんですの」

そうそう、と真二はブリーフケースからファイルを取り出し、テーブルの上に広げた。

「このあいだちょっと話しただろ、自分史の本を作り始めてね、さっそく依頼が来てる。写真を主にしたい人、文章でつづりたい人、いろいろあることがわかったんだ。自分で書けないから書いてくれって要望も多くてね。もともと僕の頭の中では、この部門は和久井にやってもらうつもりだったんだけど、あいつ、本物の作家先生になっちまったからなあ、もう頼めない」

「亮にゴーストライターをやらせるつもりだったの?」

「ゴーストじゃないよ。ライターだよ。お客はほとんどが本なんて書ける人間じゃないからね。何人かライターを集めたんだけど、金持ちがいなくてさ。頼んでくるのはある程度金持ちの人が多くて、彼らの感覚を再現するのに、何か足りなくてね」

「ふうん、つまり、私に監修しろってこと?」

「このままおとなしく院長夫人を続けるなら、時間はあるでしょ」

「私を憐れんでるの?」

「いいや。でも違和感が消えなくてさ」

瞳子は学生時代の工藤真二を思い出していた。いつも真ん中にいて、すべてを仕切っていた工藤くん。しっかり者で行動力があって、みんなから頼られていた男子。そのイメージはいまも健在だ。

「ねえ、自分史と小説はどうちがうの?」

瞳子はふと気になっていたことを口にする。テーブルに身を乗り出していた真二は、からだをゆっくり起こしソファの背にもたれてニヤッと笑う。

「いいこと聞くね。さすが柊さん。それはなかなか答えるのがむずかしい問いなんだ。いまオレの手元に何本かの自分史の原稿があるんだけど、どれも立派な小説なんだよ。みんな物語を語ってるんだ。登場人物はいきいきとしてるし展開がおもしろい。時代背景もうまく取り込まれていて違和感がないし。あたりまえだよな、作り物じゃないんだから」

「じゃあ自分史も小説だってわけ?」

「比べてみるとおもしろいんだ。自分史じゃあ流れてる時間は自然だろ?」

「そうね、小説には作家が決めた枠があるし、流れも人工的」

瞳子は慎重に言葉を選びながら言ってみる。

「自分史の時代は本物だ」

「小説は本物とは限らない」

「登場人物はリアルで作りものはかなわない」

「そりゃそうね。だけど小説の登場人物はなんていうか、くっきりしててお話にぴったり合う」

「合うように書いてんだからね」

うふふ、と瞳子は笑う。真二も楽しそうだ。

「考えてみれば、リアリティを求められるのは小説の方よね。自分史はもともとリアルなんだからリアリティがなくてもかまわないでしょ?」

「そうなんだよ。嘘だろって思ってもさ、自分史の方は許せるんだ。でも小説が嘘っぽいとイージーに思える。読者は小説には厳しいもんな」

「てことは、自分史の方が自由なの？」

「まあね。でも書けることには限界があるから、それを自由と言うかどうかは疑問かも。あんまり嘘を書くと自分史じゃなくなるからね」

「ふむふむ。でも自分史にはストーリー性が欠けるでしょ？」

「いやいや、それがちがうんだな。けっこうドラマチックでさ。そもそもオレたちは、人生ってものを語られると心を動かされるようにできているのかもしれない」

「それはなんだかわかる気がする。昔はね、たぶん一般人の自分史なんて読んだってきっと感動しなかったと思うの。でもこの年になると、生きてきた時間ってものを動かせないって感じちゃうのよ。もうけっして戻れない長い時間が自分の内にあって、もちろんそんなにたいして語ることなんてないのはわかってるけど、自分なりに一生懸命やってきたわけで、だからそれを語られると、なんだかよくわかっちゃうっていうか、共感？　ちょっとちがうな。誰もみんな似たり寄ったりなんだという失望かな。そうやってつくり上げてきた自分に縛《しば》られながら死んでゆくんだなってあらためて確認すると、なんとも言えない感情がわいてくるの」

「どうしたの？　柊さんはまだ自分史の原稿、読んでないのに」

「うん。でも亮の小説を読み返してみて、そう思った」

ふうん、と真二はしばらく黙っていたが、「でもやっぱり、あれは小説だよ」と言った。

「なんで？」

瞳子は答えを聞きたかった。

「ちゃんと終わらせてる。物語を物語として」

「どういうこと？」

「架空の現実として固定されてるってこと。登場人物も時代も場所も、安全な領域に保管されてるんだよ。どんなにひどいことが起こっても、それ以上ひどくはならない」

そうだ。

「だから若いときよりなおさら物語が必要になるのかな。もう現実には希望がないでしょ。過去は変えられない。先は見えてる」

瞳子は独り言のように言う。

「物語から多くは学べなくなっていくんだよね」

「そう。もう知っていることばかりが増えて、現実の方がはるかにむずかしいの。もっと悲しいのは、ものすごくつまらない物語からも教訓を得ちゃうこと。それもしみじみ」

そう言うと瞳子はテーブルの上の皿から、真二が持ってきたデメルのサワースティックを一本つまみ、かじった。素朴だけれど好ましい複雑さを備えたお菓子の味に瞳子はいやされる。思い出はこんなふうにみんな乾いて塩からい。

「考えてみれば、小説っていうのは悲しいもんだね」

思いがけないことを真二が言ったので、瞳子はサワースティックを口にくわえたままその顔を見た。例の人なつこい笑顔がそこにある。この人と二人でこんなにも話したのははじめてだ、と瞳子は思った。

「どういう意味?」

「いや、なんだかさ、あの手この手で作家なる人間たちが物語を作ってさ、おもしろいだのおもしろくないだの、感動しただのしないだの言われてさ、でもけっきょく小説ってのは言葉の山にすぎないじゃない。それ以上のものではないでしょ。それなのに、ものすごく期待されてる。かわいそうなほど。悲しいよ、亮の本を手に取るたび思う。他人の心を動かすってことがそんなに大事なんだろうか。ほんとに大事だと作家は思ってるんだろうか。なぜ人はそんなにも心を動かされたいんだろう」

それは、と瞳子は答える。

「生きていることを確かめたいからよ。みんなちゃんと笑えて、ちゃんと涙が出るって確認したいのよ。誰もが工藤くんみたいに充実した生活を送っているわけじゃないのよ。退屈で退屈で、生きているのか死んでいるのかさえわからなくなってる人もいる」

そうかあ、たいへんだな、と真二がまるで人ごとのように笑顔のまま言った。

「でもね、もうそんなことを確かめたいとも思わなくなってる。こわいわ」と瞳子がつぶやくと、

「年を取るってことがどういうことなのか、まさにいまオレたちは日々学んでいるんだよなあ、文字からではなくこのからだで」と真二が真顔で続けた。時の重みに耐えきれず、少しずつ崩《くず》れていくこのからだ。真二に言われるとなおさら、現実がくっきりと浮かび上がる。

「ねえ、過去は清算しなくちゃいけないのかしら」

瞳子は思わず真二に聞く。

「必要とあらば」

真二は短く答えた。必要とあらば。瞳子はその答えを繰り返す。

18

亮に会えなくなってしまうと、瞳子には何もすることがなくなった。かといって亮と再会する

前の生活に戻れもしない。バレてしまった嘘を葬ることはできないから。

帰ってこない優斗を病院でつかまえ、空いている会議室に連れていき、どこに泊まっているのかと詰問すると、加奈子の家だと答えた。

「正気なの？　加奈子さんは妹なのよ」

「母さんこそ正気なのかよ。子どもを買うなんて」

「買う？　ちがうわ、買ったんじゃない。育てられないお母さんの代わりに私が育てたのよ」

「金払ったんだろ？　どう言い換えたって買ったってことに変わりない」

「ちがうのよ」

「ちがわないよ。僕は買われたんだ」

「ほんとの息子だと思わなかった日はない」

「ごまかしてただけだよ」

「じゃああの人はどうなのよ。赤ちゃんを売ったのよ。それだけじゃなくて加奈子さんまで見捨てた」

優斗は口ごもった。

「同罪じゃない」

瞳子は志乃の顔を思い出して頭に血が上る。

「でもものすごくあやまるんだ、僕にも加奈子にも。ほんとに悪かったって」

「あの人は許せて、私は許せないっていうの？」

「そうじゃないよ、だけど」

「だけど何よ、あっちが生みの母だからほんとうの母親だとでも言いたいの？　私だって嘘をついたのは悪かったって思ってるわ。でもほんとうの子どもだと思って、いえ、そんなこと思いもせずに、ただひたすら自分の子として優斗を育てたの」

「母さん、加奈子と僕は兄妹なんだぜ。しかも僕のせいで加奈子は母親に見捨てられた」

青白い顔でそう言った優斗の目を見て、瞳子は返事につまった。

「結婚するつもりだったんだ」

「ごめんなさい。ほんとにごめんなさい。こんなことになるなんて思いもしなかった」

それ以外に言うべき言葉が見つからない。

「悪い。だけど母さん、どうしても怒りがおさまらないんだ」

優斗はそう言うと会議室を出ていった。すらりと伸びた白衣の後ろ姿がドアの向こうに消える。進や志乃に腹を立てるのはお門違《かどちが》いなのだと瞳子は思った。自分が、この自分があの子を欲しがったのだから。妊娠しないのは罪ではないのに、親の期待に応えられない自分が我慢ならなかったのは、医者になれなかった埋め合わせをしたかったからかもしれない。

必要とあらば過去を清算すべきだと真二は言った。優斗を志乃に返すことが清算なのか。嘘をついたと公表することが清算なのか。すべてを失うことが清算なのか。

瞳子は失わないでいられるものを数えようとする。すべてを失っても、優斗と過ごした二十六年が消えるわけじゃない。それから、それから……。

優斗の残した一言一言がゆっくりと瞳子のからだに突き刺さってくる。あの子のしあわせを誰よりも願っていたのに。そう思うと思考が完全に停止してしまう。

部屋に戻り、ぐったりと疲れてソファに沈み込み目を閉じた。あの場所に帰りたいと思った。すべてから離れて完全に一人だったあの大学へ。ほこりっぽいからっ風の吹く関東平野。昔からそこにあったはずの一本道とどこまでも広かった空と自分の小ささを教えてくれた地図。

でたらめに歩き回った大学のまわりの風景を思い出そうとしていたとき、「和久井亮」という言葉が聞こえ、顔を上げた。朝、習慣からつけて、消し忘れたままだったテレビが目に入る。ワイドショーだ。あわててリモコンを探しボリュームを上げる。

「ベストセラーとなった『曲がり角の彼女』ですが、この記事にはちょっと驚きましたね。著者の和久井亮さんの妻麻衣子さんが独占インタビューで『夫は私を愛していません』と語ったというんですが」

「和久井さんといえば、『曲がり角の彼女』のなんといいますか規格外の行き過ぎた女・梢のモデルが奥さんであることを公表してまして、彼女への変わらぬ愛が著作と同様話題になっていたわけですよね」

「そうですそうです。和久井さんが脱サラして作家になるまで、奥さんが十年和久井さんを食べさせてたとか」

「そういえば、先月も週刊誌で騒がれましたよね」

「ええ、それがこちらの記事です。この写真に写っている女性は、和久井さんが学生のときにつき合っていたという、私立病院の院長夫人らしいんですが、和久井さんの奥さんの話によると、二人はひんぱんに連絡を取り合っていて、とくに女性の方が積極的に和久井さんにアプローチしているらしいというんですね」

「W不倫ってことですか?」

「それはまだウラがとれたわけじゃないので、コメントはできませんが、そうでなくても、愛妻家のフリをしていたとなると、イメージダウンは避けられませんね」

「和久井さん自身はなんとおっしゃってるんですか？」

「いまのところノーコメントです」

「しかし、妻の麻衣子さんがインタビューでこういうことを言った理由はなんなんでしょうね」

「黙ってられないってことじゃないんですか？　利用されてると思われてもしかたないですよ」

「和久井亮さんの言葉が聞きたいですね」

瞳子はスマホを握りしめた。テレビを消す。

このあいだ教わった新しい番号にかけた。呼び出し音が続く間、瞳子はウオッカをあおる亮を思い浮かべていた。酔いたいという亮の弱さがいとおしかった。呼び出し音は続いたが、亮は電話に出なかった。

翌日、瞳子はコンビニでスポーツ新聞を買い集め、亮に関する記事を読みあさった。そこには麻衣子の主張が詳しく載っていて、愛妻家のふりをしてきたのは、本のイメージをよくするための営業作戦で、和久井亮はあきらかに偽善者である、とどの新聞も書きたてていた。

瞳子は自分が震えているのに気づいた。

誰かが嘘を暴《あば》いただけで、崩れ去るものがあるのを瞳子はいまではよく知っているから、何がどうなるのか予想できる。安全なところへ。誰にも手出しのできないところへ、亮が逃げることができますように。瞳子はそう祈るしかできないのが情けなかった。

和久井麻衣子が病院に乗り込んできたのは、それから五日後のことだった。

電話で呼び出された瞳子が病院に急いで駆けつけると、麻衣子が受付で騒いでいるのが目に入った。麻衣子は瞳子に気づくと大声を出す。

「来たわね、柊瞳子。和久井をどこにかくまってるの？　夫と息子のいない自宅に隠してるんでしょ。会わせなさいよ、いますぐ」

麻衣子は化粧もせず髪も乱れ、デニムにセーターという軽装でやつれて見えた。なぜ進と優斗が家に帰っていないことを知っているのか、瞳子は不審に思う。

「和久井を出しなさい。あの人が信用してるのはあなただけよ。隠してもムダ」

瞳子は麻衣子に詰め寄られ、後ずさりしながら「知らないわ」と言い返す。受付の女性職員たちが固唾《かたず》をのんで見ている。

「知らないはずないでしょ。ずいぶん長電話してたじゃない」

「ほんとに知らないし、電話もつながらない。亮、いえ、和久井くんはいついなくなったの？」

「私のインタビューが週刊誌に出た日よ」

麻衣子はどんどん近づいてきて、瞳子につかみかかりそうになっている。「奥様、大丈夫ですか」と事務長が飛んできて、男性の職員が二人、麻衣子の両側につきその腕を押さえる。

「何するのよ、この女はね、私の夫をたぶらかしてるのよ、許せない」

二人の職員は麻衣子の腕をかかえて外へ連れ出そうとした。麻衣子は半狂乱になって逃れようとする。

どうしてこんな女と結婚したのだろう、と瞳子はただただ不思議に思っていた。たしかに美しい人ではある。けれどいまのこの険しい顔つきと毒のある言葉に、亮が何か愛すべき点を見出しているとは思えない。


〉なぜだかわからない。けれど半狂乱でわめいている梢を失いたくないと響は思った。その怒りの嵐は、響が知っている中で、もっとも純粋でもっとも真実に近いものだった。散々仕事を邪魔されて、さっきまで殺してやりたい、と思っていたにもかかわらず、響は梢の涙に誘われてしまう。愛の見えない時代だからか。それともオレもおかしいのか。響は梢の両腕をつかみ、力をいれずに押し戻す。そしてシーッと声を出す。大丈夫だ、おまえにはオレがついている。どこにも行きはしない。〈

亮がそう書いていたのを思い出し、それも嘘なのだと瞳子は笑い出しそうになった。

瞳子は暴れる麻衣子に近づき、職員に向かって「はなしてあげて」と命じた。押さえられていた腕が自由になった麻衣子は、いきなり瞳子の顔を平手で叩いた。

「なぜそんなに怒っているの？」

ぶたれた左の頬に手を当て、瞳子は思わずそうつぶやいていた。

「なぜ？」

「姿を消したのは、一人になりたいからよ。わかるでしょ、あなたもあの人が一人になりたい理由を知っているはず。それにどんなにわめいて彼を引き止めても、心は縛れないわ」

「あんたはあの人がどれほど苦しんで作家になったか見てないから、そんなきれいごとが言えるのよ。何年もかかった。あの小説が売れてなかったら、あの人はいまだに私に養われて、くすぶってたのよ。誰にも邪魔はさせないわ」

麻衣子が大声を出し続け、職員たちが聞き耳を立てているのに気づいた瞳子は、「うちで話しましょう」とマンションに向かった。麻衣子は険しい表情のままついてきた。

「さあどうぞ。気のすむまで家の中を見て。亮はいない」

瞳子が言い終わらないうちに、麻衣子は家に上がり込み、次々ドアを開け部屋から部屋へと歩き回った。そして、リビングに立ったままの瞳子の前にやってくると、ストンとソファに座り込んだ。

「記者がマンションの前に張り込んでるのよ」

力なくそう言うと、麻衣子は少し落ち着きを取り戻したようだった。

「しかたないわ」と瞳子は冷たい声で言う。

「あなたが火をつけたんだもの」

麻衣子は黙った。

「気がすんだら帰ってください」

瞳子が話を終わらせようとしたので麻衣子は立ち上がり、「覚えておいてほしいことがある」と言った。

「たしかに心は縛れない。でも傷つけることはできるのよ。あんたが和久井に関わったら、私はそのぶんあの人を傷つけるわ。わかる？　あんたがあの人を思えば思うほど、あの人は苦しむことになる」

今度は瞳子が黙る番だった。

麻衣子が玄関から出ていっても、瞳子はしばらく麻衣子の残していった言葉をどうかみ砕いたらいいのかわからず立ちつくしていた。時間をかけて、その意味を理解すると、ゆっくりと襲ってくる底のない無力感におおいつくされるまでなすすべもなく待った。

19

「出てこいよ」と亮から電話があったのは、十月も終わる頃だった。

「どこにいるの？」

瞳子が聞き返すと、「パリ」と亮は答えた。

「パリ？」

「うん。深夜便で来いよ。朝着くから」

「一人なの？」

「うん」

「みんな心配してるのよ」

亮は愛妻家の仮面をはがされて以来、行方をくらましていた。新聞やネットで散々おもしろおかしく書き立てられ、偽善者と叩かれ、それなのに本はまた売れ出した。世の中とは奇妙なものだ。和久井麻衣子は再び病院までやってきて、亮をかくまっているんだろうと瞳子を疑い罵倒したが、瞳子にも亮からはなんの連絡もなかった。麻衣子のせいで瞳子の評判はさらに落ちた。

けれど、亮に「来いよ」と言われたら何も手につかなくなった。どうせ家族は自分の不在など気にもすまい。友人と旅行してくると書き置きし、瞳子は着替えと化粧品だけを持って、タクシーで空港へ行き、パリ行きのチケットを買った。

十二時間半のフライトは一週間にも思えるほど長く、亮に会ったら何を話そうか考えすぎて、パリに着いたときには、瞳子の頭はからっぽになっていた。

タクシーに乗りホテルの名前を告げる。タクシーが動き出してから亮に電話した。窓の外、高速道路の壁が途切れるとフランス語の看板が見えて、ああ、フランスなんだと瞳子は不思議な気がした。亮と再会してから、何度も不思議な気がしたものだけれど、いまが一番不思議だった。

朝がゆっくり進む。空は曇っている。亮はなかなか電話に出ない。きっと眠っているのだろうと思ってかけるのをやめた。景色を眺めているうちに、瞳子も眠ってしまい、運転手にヴォワラと声をかけられて目が覚めた。

そのホテルは二つ星で、小さかった。タクシーが行ってしまうと瞳子は階段を上がり、フロントで亮の名前を告げた。ウイ、マダム、聞いてます、と大学生みたいなフロントの男の子は答える。部屋は三階だった。

狭いエレベーターで三階に上がる。ドアをノックすると亮が出てきた。Tシャツにスウェットパンツをはいている。疲れた顔だった。亮は入れよと言う。手を差し出しもしない。抱きしめてもくれない。ただ瞳子の顔をじっと見つめている。

瞳子はなんと答えればいいのかわからず、亮のからだをかすめて中に入った。部屋にはベッドと小さな机、そして椅子。机の上にはカラになったワインのボトルとグラスと灰皿、それに煙草と本とノートがあった。ゆがんだ銀色の薬のシートがノートの下からのぞいている。枕もとに携帯電話が二台。

「いつからここにいるの?」

「昨日」

酒臭い。

「飲んでたの?」

「うん」

「体こわすよ」

「いいんだ」

「朝ご飯食べに行こうよ」

「昨夜ほとんど眠れなかったんだ。悪いけどもうちょっと寝かせて」

「うん」

「瞳子」

「何？」

「会えてうれしい」

　亮はにこりともせずそう言うと、シーツのめくれ上がったベッドにもぐり込んで目を閉じた。瞳子は椅子に座り、しばらくその寝顔を見ていた。よく知っているのに見覚えのない男に見える。携帯電話は震えていない。電源が入っていないのかもしれない。

　机の上の本を手に取る。リルケの『若き詩人への手紙』の文庫本だった。私の言ったこと覚えていてくれたんだと瞳子は表紙をなでる。少しためらってからノートを開く。見覚えのある鉛筆の文字がびっしり並んでいて、どこかホッとする。書き始めているのだ。妻を愛していないだけではなく、小説のために彼女の人生を利用したことがこわくなって亮は自分を酒でごまかしているけれど、ほんとうは書きたいのだ。どんなことをしても書き続けたいのだ、と瞳子は思う。あの頃の亮はせっせと書いていた。それが変わるはずがない。

　ノートの下に半分隠れていた薬のシートはカラで、小さくプリントされたアルファベットと数字が不吉な印に見えて、ホッとした気持ちがあっというまに消える。どこがどう、どれほど悪いのだろう。わかるはずのないことをぼんやり考える。落ち着かない気持ちのまま文庫本を開いて拾い読みをしながら亮の寝顔を眺め、そのうち瞳子も机に突っ伏して寝てしまった。

目が覚めて時計を見たら、もう昼だった。立ち上がり窓から外を見る。雲は晴れて、ちらちらと陽の光が向かいの建物の壁に揺れている。ガランゴロンと鐘の音が聞こえてきた。化粧を落として顔を洗った。歯も磨いた。それから化粧をし直した。

「亮」と声をかけると、亮は目を開けた。

「ねえ、ここってどこなの?」と聞く。

「サンジェルマンデプレ」

起き上がるなり亮は煙草に火をつける。

「じゃあ、レ・ドゥ・マゴに行きましょう」

瞳子はなんとか亮を明るい光のもとに連れ出したくてそう誘う。亮はおとなしく瞳子の言うことを聞き、顔を洗うとスウェットをスラックスにはき替え、ジャケットを羽織って外に出た。十月の終わりにしては暖かかった。二人は黙って並んで歩いた。レ・ドゥ・マゴのテラス席に座ってクロックムッシュを食べ、エスプレッソを飲む。

「ここ、ボーヴォワールとサルトルが通ったカフェよ」

「ふうん」

「ずっとどこにいたの?」

「あちこち」

「奥さん、うちの病院に二度も乗り込んできて、あなたをかくまってるだろうって怒鳴られて、私の評判はまた地に落ちた」

「二人して散々だな」

亮は少し情けなさそうな顔をした。マロニエの葉の間から細い日の光が差し込んで、亮のカールした白髪まじりの髪にこぼれる。

「コーヒーおいしい」と瞳子が笑いかけると、「それはよかった」と亮は言い煙草をもみ消した。

「あの本、いいいな」

「どれ？」

「おまえのお勧めのリルケ」

文学へ話題が移ると瞳子はなぜかホッとする。

「ああ、あれね。気に入った？」

「うん。もっと早く読むべきだったよ」

「いまどきあんな本を読む人いないいんじゃない？」

「そうかもなあ。読むことのできたオレはラッキーだね」

亮の思いがけない言葉に瞳子はうれしさを隠しきれず笑顔になる。

「この近くにロダンのアトリエがあるのよ。いまは美術館になってる。行ってみない？」

「いいね。リルケが絶賛してただろ」

「そう。『現存するすべての芸術家の中に並ぶ者なき彫刻家オーギュスト・ロダン』」

ようやく亮が笑って、瞳子の心はその分だけ軽くなる。

二人はカフェを出ると、スマホを頼りに歩いてロダン美術館へ行った。入ってすぐに「考える人」がある。

「考える人ってちっちゃいんだな。オレ、卒論のテーマがパロディだから、こういうの見るとついおちょくりたくなるんだ。沙織がニセモノ作りたくなる気持ちもよくわかる。あいつ、詐欺で訴えられそうなんだぜ。あいつが焼いた贋作《がんさく》の茶碗を買った人が、それをニセモノの箱に入れて、本物だって言ってじいさんに百万で売りつけたんだって。ごていねいに最初売るときに、あいつ冗談で、箱に入れれば百万になりますよって言っちゃってたらしい。それでグルだと疑われてるんだそうだ。箱に権威があるなんておもしろいよな。人生に意味はないけど物語には魅力があるってのと似てる」

亮は急にベラベラしゃべったかと思うとふっつり話をやめ黙り込む。瞳子は亮の前を歩き、おびただしい数のロダンの作品を見つめた。リルケがロダン論を書き、講演をしたりロダンの秘書役になったりして生計をたてていたことがあったのを思い出す。ロダンの作品は売れ、リルケの作品は売れなかった。亮の一作目は売れ、二作目は売れなかった。

振り返って亮の顔を見る。何、と亮は問い返すような表情を浮かべる。瞳子はただ少し笑い、観光客でいっぱいの建物を抜け出して庭に出た。空気がカラリと乾いて後ろをついてきた亮は煙草に火をつける。冷たい風ときつい日差しの落差がいかにもパリの秋だと瞳子は両手を広げ空を見た。空はあの頃と同じなのに、私たちはこんなにも年を取ってしまった。

けれど、亮がここにいる。

うれしいのか悲しいのか瞳子にはわからない。

ロダン美術館を出て、二人は黙って歩いた。道はいくつにも分かれ、どこまでも続く。パリに知った人はいない。ただそれだけで瞳子の心は晴れ晴れとしてくる。亮を責める人がいないというだけで、何もかもが東京とはちがって見えた。嘘をついたことさえ忘れられる気がして。自分という物語から抜け出すだけでそんなにも自由を感じられるのは悲しい。

リュクサンブール公園からシテ島へ、セーヌ川を渡りバスチーユまで行ってレ・アルに戻る。石畳、狭い路地、カフェの椅子、大きな窓と鎧戸《よろいど》、木の扉と石の壁。『花邑ヒカル詩集』の表紙の写真に似た風景があちこちにあって、瞳子はせつなくて泣きそうになるのを我慢しながら歩き続けた。行くあてなどないのに、二人はいかにもどこかへ向かっているかのようにふるまうのをやめられない。陽が少しずつ傾いていく。ルーブル宮から凱旋門《がいせんもん》まで歩き、トロカデロ広場で二人はようやく止まった。

広場からエッフェル塔を眺めながら、亮は「このままパリで暮らそうか」と言う。

「うん」と瞳子は明るく答える。

「パリの家賃は高いんだろうなあ。仕事見つけなきゃな」

「うん」

「オレを雇ってくれる会社なんかないだろうな。フランス語、ズルしないでちゃんとやっとけばよかったな。しかたない、市場ででも働くか」

西日が後退し、夕闇が迫っていた。亮の声が遠くに聞こえる。若くないことがつらかった。

「私、ずいぶん白髪あるのよ」と瞳子はつぶやく。

「おまえ、貧乏な暮らし、したことないんだよなあ」

亮はまだエッフェル塔を眺めている。何も変わっていない、と瞳子は思った。あの日と同じようにいとおしさがこみ上げてくる。抱きしめて大丈夫だと言いたかった。いつかすべてが報われて、笑って話せる日がくると。

でもできない。それがほんとうになるという自信がないから。

「働きながら小説を書くんだ。オレはね、現実を切り取って終わりがあるように見せるのが作家の役目なんだと思う。人は物語の終わりを見届けたいと思うものだろ？　ほんものの人生にも必ず終わりがあるから、物語を最後まで読むことは、それを受け入れるための練習台になるんだ。苦しい人生も物語のようにいつかは終わると思えばなぐさめにもなる。結末がどうなるかが問題なんじゃない。結末のあることが小説の差し出す物語の救いなんだ」

冷たい風が吹いて瞳子の体温を奪っていく。東京に置いてきた私たちの物語もいつかは終わるのか、と瞳子は確かめたい気がしたけれど、もう亮の顔は見えなくなっている。人生は早送りできない。

瞳子は亮のからだにぴったり自分のからだを添わせた。腕と腕がほんの少し重なる。煙草の匂いがする。二人だけが世界から切り取られ、二度と朝を迎えられない場所に葬られてゆくような気がした。たしかに亮も瞳子も嘘をついたのだ。

そのときまばゆい光が目の前を走った。エッフェル塔に灯りがともり、キラキラ光っている。ダイヤモンドがちりばめられたような光の塔は、真っ暗な空に向かって尖《とが》り、闇を突いていた。ほんとうに欲しいものがあったなら、と瞳子は真っ暗な空に問う。それでも嘘は許されないのか。

「帰ろう」と亮が言って歩き出した。広場の端でタクシーを拾う。

ホテルに着くと、亮は疲れたと言ってベッドに寝ころんだ。瞳子は一人でホテルを抜け出し、サンジェルマンデプレ教会のそばのスーパーマーケットで、ワインを二本、バゲット、サラダ、生ハム、チーズ、それに皿と自分用のグラス、ナイフとフォークを買って部屋に戻った。

亮はワインのボトルを見るとむっくり起き上がり、コルクを抜くとグラスに注いだ。何も言わずに一気にあおる。

「学生宿舎みたいだな。ベッドに机、椅子」と亮はベッドの上にあぐらをかいて言う。

「部屋の大きさも同じくらいだね」

瞳子は皿の上に生ハムとチーズを並べながら答える。

「昔は六十なんてほんものの老人で、何もかも知ってすべてをわかってて、すっかり落ち着いてるんだとばかり思ってた」

亮はワインボトルを片手に抱いて、煙草に火をつける。煙草も酒も亮の弱さの証だ。瞳子にはわかる。強くなれなかったのだ、この人は。だから逃げ出した。

「なのに、オレはまだあがいてる。カッコ悪いよな。六十まで生きてきてわかったのは、見えていることがすべてじゃないとか、生きている人間は必ず死ぬとか、言葉にできないものがあるとか、そんなあたりまえのことばかりで、どれも小説にできそうもないんだ。まいったね」

亮が話すのを聞きながら、瞳子は自分がかるく唇をかんでいるのに気づき、真二の言葉を思い出した。それが学生時代とちっとも変わらない自分のクセなのだ。瞳子は、この人の言うことを一言ももらさず聞き逃さないように集中している自分がいとおしくなった。ずっと医者への劣等感に苛まれていた自分が、そんなふうに自分を大切に思えるのは奇跡のようではないか。

「亮といると」と瞳子は話をさえぎる。

「私は自分のことを好きになれるのかも」

「そいつはよかった。オレもおまえといると不思議と自分のことを許してやれそうになるよ」

亮はほとんどつぶやくような声で答える。瞳子は亮の声がもっと聞きたくて話しかけずにはいられない。

「ねえ、パリは不思議なところね。中はちゃんと現代的なのに、建物の外見を変えてはいけないから町並みは昔のままなのよ。中身はちっとも変わってないのに、見た目がすっかり変わっちゃった私たちとは正反対。でもだからこそ、昔ここに生きてた人と自分とはたいしてちがわないんじゃないかって思えたりする。もちろん女は強くなったし、マイノリティも発言できる世の中になったけれど、大切なことはそうそう簡単には変わらないんじゃないかな」

「大切なことってなんだよ」

煙草をもみ消した亮はちらりと瞳子を見てそう聞くと、ベッドのへりに腰かけ新しい煙草に火をつけ深く吸う。みんなといるときのいじわるさはみじんもない。

「他人を思いやる気持ち」

二人を見下ろすように広がり、揺れて消える煙を目で追いながら瞳子は答える。目の端で、亮の足先がリズミカルに動くのを捉えた。真二が言った通りだ。あれが瞳子の話を聞いているときの亮のクセ。

「私ね、あの小説が売れたのは、主人公の響が梢を思いやる気持ちのせいだと思う。あんなふうに誰かの気持ちを推し量り、くみとって、肯定するのってなんていうか、やっぱりステキなことなのよ、きっと」

亮は黙ったままだ。

「作者のあなたの気持ちがどうであれ、響の梢に対する気持ちは物語の中でほんものなのよ。そして、そういうのってなかなかあることじゃないからみんなときめいたんだと思う。だって『愛もまた困難なもの』なんだもの」

リルケがそう言っていた。亮の表情がかすかに動く。

「愛は文学と同じようにお金に屈しちゃいけない大事なものの一つよ。そしてあなたはあの小説で愛を描いたのよ。真剣に向き合い、誠実に。だから人々は心打たれたんだと思う」

「なぐさめようとしてるのか？」

「ちがう。人はそうやって物語の中に何か完全なものを見つけようとするものなんだってことを言いたいの。それも切実に。なぜならそれは物語の中にしかないから。作者のあなたがあの小説に何を隠したかはわからない。でもあの物語はもうあなたの手を離れ読む人の心の中にあるってこと。そこでそれをどう読むかは読む人の自由だし、誰にも侵せないものなの。それに、見えていることがすべてじゃないとか、生きている人は必ず死ぬとか、言葉にできないものがあるとか、そういうことがあたりまえだって思えるのは、私たちがほんとうに長い時間をかけてそれを知ったからでしょ。ほかの人が同じことを知ったかどうかは関係ない。亮が言ったのよ、自分で見つけたんなら何も恥じることはないって」

「オレが言った？」

「そう。言われた私はへコんだけれど、名言よ。だから書けばいいのよ、書きたいことを」

瞳子がにこっと笑ったので、つられるように亮も笑い、「おまえも自分がやりたいこと、やれよ」と言いながら二本目のワインをあける。亮の何気ない言葉が耳から胸に小ぬか雨のように静静と落ちる。わかってくれている。この人だけは私をわかっていてくれるのだ、と瞳子は深く安堵する。そしてその笑顔に勇気づけられた瞳子は続けて亮に話しかける。

「じつのところ、世界が変わっても人間はたいして変わってないんじゃないかな。コンピューターが万能になって生活がどんどん便利になっていくのは確かだけど、人間がものすごく賢くなったって話はちっとも聞こえてこないもの」

「今日は次々いいこと言うね」

「ふふ。人間が変わらないから作家は絶滅の危機を免れてるんじゃない？」

「そうだな。書いても書いても誰もそこから学ばない。同じような話にも感心してくれる」

「うん。私、いまでも『ごんぎつね』を読むと泣く」

「泣くのに読む」

「そうそう。なんでかな」

「泣くのに読むのか。すごいな新見《にいみ》南吉《なんきち》」

亮はカラのグラスに半分ほどワインを注ぎ、一気に飲み干した。

「でもこの頃少しわかるのよ。また読んだら、何か解決してるんじゃないかって、つい思ってるってことが」

「瞳子」

「なに?」

「おまえバカだな」

瞳子は笑う。亮に言われたらなぜかうれしくて笑うしかない。

「ごんは毎回撃たれるんだ。そういう話だから」

「わかってる」

「でも?」

「でもこれはお話で、ほんとうはごんは撃たれず生きてるかもしれないって思うようになった」

「困ったもんだ」

瞳子は笑顔のまま、透明なプラスチックのボウルに入ったサラダを亮に差し出す。

「何か食べなきゃ。ほら、野菜。プーレのサラダ」

「プーレって何?」

「チキンよ」

「おまえいつフランス語なんか習ったんだよ」

「卒業してから結婚するまで、よくパリに旅行したの。買い物と食べ歩き。だから、これいくらですかとか、サンドウィッチくださいとか、そんな言葉から覚えた。チキンサラダが好きだからプーレもすぐに覚えたの。おもしろいのね、言葉って。にわとりとチキンとプーレじゃなんの共通点もない。でも日本人もイギリス人もアメリカ人もフランス人も鶏肉を食べるのよ」

そう言うと瞳子はバゲットをナイフで開き、生ハムとチーズをはさんで二つにちぎり、「サンドウィッチ・ジャンボン・フロマージュ」と教えながら、半分を亮に差し出す。

サンドウィッチ・ジャンボン・フロマージュと亮は小さな声で繰り返し、バゲットを受け取り一口かじる。

「小説は言葉の山にすぎないと思う?」

そう聞くと、亮はじろりと瞳子をにらんだ。

「人の心を動かすってことがそんなにも大事なんだって思う?」

「なんだよ」

「工藤くんとこの前話したの。自分史と小説のちがいについて。工藤くんは小説って悲しいもんだと言ってた。人の心を動かさなきゃならないから。でも、人の心を動かすことがほんとに大事だと作家は思ってるんだろうかって」

亮は新しい煙草に火をつけ、「人の心を動かすのは快感なんだよ」と投げ出すように言った。

「快感を感じるのは悪いことじゃないわ。恋がそうよ。相手の心が動くたびに喜びにあふれてた」

瞳子がそう言うと、亮はばつの悪そうな顔をした。

「でもそれが目的になると、小説はただの手段になっちまう」

小さな声でそう言った亮の顔を瞳子はずっと見つめていた。亮の指に挟まれた煙草から煙がまっすぐ立ち上り、少し揺れて消えてゆく。はじめてそれを見たときと同じ不思議な気持ち、なんの疑いもなくひたすら亮の姿を追いかけていたあの頃と同じ気持ちがよみがえっている。私たちはお互いを幻想の中に閉じ込めているのだろうか、と瞳子は思う。小説の中の登場人物のように。亮といるとき、そこに生活はない。

「ねえ、小説の話をするのは楽しいと思わない？ 私は楽しい。工藤くんと話してもほんとに楽しかった。でも、何の役にも立たないわ、こんな話を続けても。私たちは現実の世界で嘘をついて、それがバレて責められている。私たちは登場人物じゃなくてリアルな矛盾だらけの人間なのよ。私たちは」

「もういいよ」

亮は煙草をもみ消し、ワインをラッパ飲みした。

「なんでそんなに飲むの？」

「酔いたいのに、いくら飲んでも酔わないから」

「酔ってるよ」

「酔ってない」

「どれ、目、見せて」

瞳子は亮の顔をのぞき込んだ。亮の目は充血していたけれど、瞳は驚くほど真っ黒で、そしてそこには再会したあのときと同じように無数の疑問符が浮かんでいた。瞳子はハッとして身を起こし、「なに?」と聞く。

「夢はかなった?」

亮が思わぬ質問をする。

「夢?」

「そう、瞳子の夢」

「うん、かないそう」

「そうかあ」

「亮の夢はかなった?」

「ああ、作家になれたから。なり方にちょっと問題はあったけど」

亮はワインボトルを机の上に置くと寝ころがり、天井を向いたまま、「今日みたいに毎日街を歩いて、昼間は小説を書いて、夜はさっさと寝て、パソコンもスマホも持たずに暮らしていけたらなあ」と言う。

瞳子は亮のつつましい願いをせつなく聞いている。なぜ夢はいつも最後には単純なものになるのだろう。自分にとって何が大切かを知るために、人は長い時間を必要とする。

これ以上、何にも気づきたくない、と瞳子は思う。年を取っていろんなことが見えてきて、世界のからくりを理解してゆくことがいまはつらい。とぼけて知らん顔をしてしまいたい。

「自分のことをちっぽけだと思ってた十八の頃がなつかしいな。一人で大きな海に漕《こ》ぎだして、広い世界の中で自分はこんなに小さいんだと気づいたときはショックだったけど、まわりを見ればみんなそうなんだと思えて、かえって勇気が出たよね。ちっぽけだと決めれば、大きなことができなくても不思議じゃないと安心できるもの。けれど実際はちがう。このからだの中に詰まっている心は宇宙より大きいの。喜び、怒り、悲しみ、楽しさ、さびしさ、いろんな感情が入り乱れて、とんでもなく深い悟りにたどりついたかと思えば、信じられないほど浅い考えに振り回されたり、心の中は旅ができるほど広がってる」

「そう、果てしないんだよな」

亮が肯定するから、瞳子はほんの少しなぐさめられる。けれど、このままじゃだめなのだと二人ともわかっている。わかっているから逃げてきたのだ。

「携帯、電源切ってるの？」

瞳子はむりやり現実に戻る。

「うん。瞳子専用のだけ、昨日オンにした」

「どうするの、帰ったら」

「どうするかなあ」

「奥さん、怒ってるよ」

「あの人には世話になったからなあ」

「人ごとみたい」

「だな」

「なんで作家になりたかったの？」

「瞳子に読んでもらうため」

「また、調子いいこと言って」

「バレたか」

「ほんとはどうして？」

「オレね、息子からも兄からも夫からも逃げたかったんだ。どうしても別の何かになる必要があったんだよ」

「じゃあどうして麻衣子さんと結婚したの？」と瞳子は思い切って聞く。

亮は起き上がり瞳子の目を見た。

「おまえが秀吉に惹かれた理由と同じだよ。通俗的な不幸の物語に吸い寄せられたんだ」

瞳子は息をのんだ。亮は視線をはずし、立ち上がると窓の外を見た。酔っ払いが大声で叫び、ドッと人が笑うのが聞こえる。

「星が一つも見えない」と亮が言う。冷たい外気が窓からすべり込んで瞳子の首筋をなでた。まだ私のことを許していないんだ、と瞳子は思った。

「瞳子、オレはね」

亮の声は少しゴワゴワして帆布のような手ざわりの、厚みのある、どちらかといえば低い、けれど低すぎず、どういうわけか瞳子をまるごとそっと包み込んで安心させることのできる力を持っていた。

「たった一人の人の心さえ手に入れば、ほかにはもう何もいらない」

亮はそう言うとベッドに腰かけ、新しい煙草に火をつけた。

まだ怒ってるのね、と瞳子が小さな声でつぶやくと、「いま許した。パリまで来てくれたから」と言って亮は笑った。口の片端だけ少し上げて、恥ずかしそうに。

「ここにおいでよ」

亮が右手で真っ白なシーツをポンと叩く。瞳子はゆっくりと立ち上がりそっと亮の隣に腰を下ろす。緊張している。

「大丈夫だよ。誰も見てない」

煙草を灰皿でもみ消しながら亮がそう言うのを聞いて、瞳子はほんとうにそうだと思った。ここには亮と自分の二人しかいない。そしてそのことを誰も知らない。それは物語の外に二人がいるということで、つまりそれはこれが夢と同じだということなのだ。夢ならば、と瞳子は亮のからだにもたれかかる。亮は右手でしっかりと瞳子の肩を抱き寄せた。ずっと遠い昔、それがあたりまえだったあの日のように、亮の手のぬくもりが自然に思える。

抱きしめて大丈夫だと言ってあげたいという気持ちが、再び強くわき上がる。瞳子はためらいを捨て亮に向き合うと、思い切り亮のからだを両手で抱きしめた。

「どうした?」と亮が聞く。

「大丈夫。きっと何もかもうまくいくわ」

目を閉じて亮のシャツにしみ込んだ体臭と煙草の匂いをかぎながら、祈るように瞳子はそう言ってみる。そして二人が一緒にいることでは何も解決しないのだと思い知る。

「顔見せて」と亮が瞳子の腕をほどいて右手を伸ばし、左頬に触れる。瞳子はじっと亮の目を見る。瞳の中に自分がいるかどうかを確かめたい。

「おまえ、なんでパリまで来た」

亮が聞く。

「あなたに会いたくて。亮は?」

「オレも。会いたかったんだ。このまま瞳子に会えないで死ぬのは嫌だなって思ったんだ」

「死なないよ」

反射的にそう答えたけれど、机の上の薬のシートの呪いのようなアルファベットと数字が頭から離れない。

「生きている人間はいつか必ず死ぬんだよ」

「自分で確かめたわけじゃないでしょ？」

瞳子はそう言い返すと亮の唇を自分の唇でふさいだ。亮の言葉の不吉な響きを打ち消すために。

不自然な形で時が止まったまま、亮の手が自分の肌に触れているのを感じる。肩、背中、胸、脇腹。まるで何か忘れていたものを確かめるような亮の手の動きが、瞳子の形を浮き彫りにしていく。もう若くないから、肌は弾力を失い、思わぬところにたるみを作っている。もはや美しいとは言えないからだ。けれど、亮にならそれを見られてもかまわない気がした。亮も同じように年を取ったのだから。時は残酷だが平等だ。

瞳子は何かにせかされるように服を脱ぎ捨て、亮の着ているものを脱がせた。そうして裸になってしまうとなつかしさが胸をつぶした。いまもちゃんと乳房は二つあり、ペニスは一つだった。それを目で確かめると、なんだかおかしくて瞳子も亮もクスクス笑ってしまう。薄暗い明かりの中で、二人はしっかり抱き合い短く交わった。そして少しだけ汗ばんだからだを並べてベッドに寝ころがり、充たされていく心をもてあました。

〉愛することもまたいいことです。なぜなら愛は困難だからです。人間から人間への愛、これこそ私たちに課せられた最も困難なものであり、窮極のものであり、最後の試練、他のすべての仕事はただそれのための準備にすぎないところの仕事であります。〈

数時間前、眠っている亮に触れることができず、文庫本を手に取り、しおりが挟まれたページのその箇所をなつかしく読んだことが、もう遠い昔のようだった。瞳子は上を向いたまま亮の手を探し両手で握りしめる。

すべてのものから切り離されたこの場所でいましあわせだとしても、そこから先へは進めないことは、二人ともわかっていた。亮は妻を捨てないだろう。捨てられる人に、あんな小説が書けるはずがない。だからこれ以上亮を苦しめたくない、と瞳子は思った。それに自分も病院を捨てられないのだ。私の六十年は病院のためにあったのだもの。バカげているかもしれないが、それは事実だ。いまさら変えようがない。

「ねえ、いまこの瞬間、裸で愛に包まれて天井を見上げている恋人たちがどのくらいいると思う？　きっと数えきれないほどよ。でも、一人で天井を見つめながら、愛する人のことを思っている独りぼっちの方がもっと多いんじゃない？」

瞳子が明るくそう言うと、亮は「ごめん」と答えた。答え？　……たしかにそれはすべてに対する答えだった。横を向くと、亮の疲れた顔が見えた。暗い影におおわれた生気のない横顔を見つめ続けることができず、瞳子は目を閉じる。

「寒いな」

瞳子がそう言うと、亮はシーツを足元から引っぱり上げ、それにくるまるとしっかり瞳子を腕の中におさめる。まるでこころを抱いているかのように生真面目に姿勢を崩さず、夜が明けるまでその形を瞳子のからだに刻み込んだ。瞳子は亮の胸に顔をうずめ、亮の心音をずっと聞いていた。

20

パリに亮を残して、瞳子は一人で東京に戻った。亮が帰れと言ったのだ。これでおしまいなのだ、と瞳子は理解して、それでも泣かずに笑って別れた。不吉な予感はすべて消したかった。会えなくてもかまわない。亮がまた元気になって新しい小説を書いてくれさえすればいい。遠くで思い続けることもまた愛なのだ。そう本気で思った。

帰ってきてみたら、あたりまえのことだけれど、東京は何も変わっていなかった。亮も瞳子も嘘つきのままで、あいかわらず責められていた。

けれど瞳子はもう逃げないと決めていた。亮のおかげで優斗のことだけでなく自分がすべてをごまかして生きてきたことをはっきりと思い出したから。自分を脇役だと決めて見て見ぬふりをするのをやめなければ、亮と再会した意味がない。だって亮は書き始めているのだもの。

とにかく、と瞳子は思った。亮といた頃のように、ちゃんと問いを立てて自分で答えを見つけよう。欲しくもないものを買うのはやめよう。卑屈になるのもやめよう。優斗ときちんと向き合おう。ほんとうは父の作った病院が大好きだったことを思い出そう。自分が医者じゃないからといって、何もできないわけじゃない。自分には自分にしかできない何かがあるはずだ。いつか優斗が許してくれる日を待ちながら、ここで、この病院で、自分は生きていくのだと決めた。

やる気は充ちているのに、瞳子の評判は悪すぎて身動きが取れないのは悔しかった。毎日毎日家にこもってイライラしているうちに年が変わった。そしてある日、母の早苗から電話があって、ちょっと来なさいと言われる。

久しぶりに会う早苗はこの前よりさらに若く見えた。白のパンツにゴールドのサテンのブラウスを着てパールのイヤリングをつけている。髪を明るいブラウンに染めきれいにセットしてあって華やかだった。

「元気にしてた?」と聞かれ、瞳子はソファに座ると「元気出さなきゃね」と笑ってみせる。

「笑えるならよしとしましょう。さて、とうとう院長の尻尾をつかまえたわよ」

「ほんと？」

瞳子は身を乗り出した。

「お父さまが亡くなって病院がずいぶん変わったのはおまえも知っているわね。すべては院長の意向で、私と事務長を除いた他の理事会のメンバーはみんな院長に賛成して改革案は次々通ったの。赤字だった小児科がなくなり、物忘れ外来が盛況で病院は黒字に転じて、院長の評価は上々。マンションでショートステイをやったり、病院じゃあデイサービスや認知症予防プログラムが始まった。トークショーや体操教室、脳トレ講座もやってるし健康食品もずいぶん売り上げてる。私と事務長は全面的に院長を信頼していたからなんの疑問も抱かなかったのだけれど、急な改革にしてはずいぶんスムーズに事が運んだのよ。まるでずっと前から準備されてたみたいにね」

早苗はそこまで言うと立ち上がり、キッチンからコーヒーポットとカップを持ってきて座り直し、瞳子と自分のためにコーヒーをいれた。ヘレンドのカップを持ち上げコーヒーを一口飲むと、「疑うべきだったのに、よくやってるなくらいにしか思わなかったのは私の落ち度だわ。事務長もそう言ってる」と続けた。そして瞳子の顔をじっと見ると、「院長は宮本志乃と以前からこれを計画していたのよ」と言った。

「出入りしている業者、介護関係者、講師、みんな宮本志乃が関係してた。彼女、ずっと病院に勤めてたらしいわね。知識が豊富だったみたい。院長が病院の赤字を解消したいんだと言ったら、必死になってプランを考えてくれたそうよ。必死になって、というのは進さんの言葉」

あの日、亮の二冊目の本を買った日に見た二人の姿を、瞳子は思い出した。進が志乃といたのは偶然ではなかったのだ。もちろん最初から裏切られてはいたのだけれど、病院のことについて相談するほど二人は仲がいいのかと思うと、志乃に対する敗北感が増す。

「そのこと自体は責められることじゃないわ。いえ、瞳子にしてみればじゅうぶん責められることだというのはわかってるけれど、法的には咎《とが》がないということ。でも調べてみてわかったんだけれど、業務提携するにあたって介護関係の業者たちから院長に現金が渡っていたらしい。多額よ。帳簿に載らないお金」

「お金？」

「進さん、お金持ってないの？」

「え」

「じゅうぶん給料は出てるでしょ？」

「進さん名義のまとまった貯金はない。いらないって。現金はたまに数万引き出すくらいで、カードもあまり使わないし。進さんの普通口座に貯まった分は、私と優斗名義の定期預金にしてきたんだけど」

「各科で推奨したり、認知症予防プログラムで勧めたりして売ってる健康食品の販売業者からは、売り上げに応じてリベートをもらってる」

「リベート？」

「分け前よ。業者の代表は宮本志乃の兄だった」

「なんでリベートなんか」

「理由をどうしても話さないの。他の理事にも金は回ってたみたいで、みんな白状して謝罪してるわ。もちろん院長もリベートのことは認めてる。近々理事会が開かれ院長は解任されるでしょう」

望んでいたことが起ころうとしているのに、瞳子は打ちのめされた気分だった。お金になんの興味もない。仕事一筋。それを夫の比類なき美点だと思っていた自分がみじめだった。

重い気持ちを引きずり家に戻ると、申し合わせたように進がリビングのソファに座っていた。瞳子がどうしたらいいのか迷いながら立っていると、「座ってくれ」と進が口を開いた。瞳子はソファに座ったが、進と目を合わせることができず、テーブルの上に置いてあった亮の本を見る。

「僕は辞めるよ」

そう言った白衣姿の進は瞳子には近寄りがたく、医師に対する尊敬とあこがれ、そして劣等感が自分の骨に刻み込まれたものであることを思い出させる。

「いいんだ。どのみち出ていくつもりだった」

意外な言葉だった。離婚を嫌がっていたのではなかったのか、と瞳子は顔を上げる。

「もう少しここにいたかったんだがね」

「お金のため？」

瞳子が聞くと、進は深いため息をつき、「きみはいままで金に困ったことがないだろう」と言う。

けっきょく言いたいことはそれなのか、と瞳子は思った。それが罪だとでもいうのだろうか。あなただってそれを利用したじゃないの。進のどこか責めるような口調が瞳子の神経を逆なでする。

「もちろんきみと結婚してから僕も金に困ったことはなかった。快適な部屋で眠り、おいしいものを食べ、小ざっぱりした恰好をして、明日の心配をして眠れなくなることもない。母の治療を優先的に受けさせることができたし、優斗にひもじい思いをさせることもなかった。きみは僕を信頼し、優斗を愛し、立派に育ててくれた。感謝してるよ。

だからこそ、僕は自分がもらう給料を自分の金だと思ったことはない。僕は金を使うことにたいして興味がなかったし、ぜいたくをしたいと思ったこともない」

逆なでされた神経はいつのまにか鎮《しず》まり、進の言葉がさらさらと自分のからだを通り過ぎていくのを瞳子は感じていた。事実を述べられても、その中心に大きな嘘があると、こんなふうにそらぞらしく聞こえるのだと知って、優斗の行き場のない気持ちが少しわかった気がする。

「きみが何にいくら金を使っているのか知りたいと思ったこともないし、知ったところでそれに何か文句を言うつもりもなかった。きみは育ちがよく知性もあり、上品で美しく、僕なんかの妻でいるにはもったいない女性だ。だから僕はきみにほんの少しも苦労をしてほしくなかった。仕事の話も家に持ち込む気はなかった。たぶんきみは病院が赤字になっていることも知らなかっただろう。

赤字は毎日積もっていた。深刻な状況だったが、前院長は真剣にその問題に取り組もうとはしなかったんだ。なぜなら赤字解消のためには小児科を廃止する必要があり、それは彼の医師としての使命感をくじくことだったからだ。院長の使命感はほかの先生方にも浸透していて、病院の体制を変えるのは容易じゃなかった。根回し、説得、懐柔、みんな僕の苦手なことだが、僕がやるしかなかった。先生方や理事たちの心を変えるためには金が必要だった。持っているなら自分の金を使えばすむことだったが、きみも知っている通り、僕は自分の自由になる金を持っていない。そのことに対して不満があるんじゃない。ただそれが僕の現実だった」

くどいほど長々と説明する進は、どこか叱られた子どものようだった。優秀な医師の仮面がはがれて、いや、それを仮面だなどと思ったことは一度もなかったが、瞳子は進の素顔というものをはじめて目にしている気がする。そしてこの人は妻の前で気を緩《ゆる》めたことなどないのかもしれないと思った。嘘をついたことによって、彼もまた大きな罰を受けてきたのだ。

ぼんやり瞳子が自分を見つめているのに気づいた進は、話をやめ腕組みすると、「きみは思ったことがないかな。自分のことをまるごと受け入れてくれる人と二人で、誰も知り合いのいない遠くの街でひっそりと暮らしたいって」と聞き返した。静かな問いだった。瞳子は、亮に会いに訪れたパリの乾いた空気を思い出し、あるわ、と心の中でつぶやいた。そして進からひどく遠く思えるその質問が何につながるのか早く知りたいような、永久に知りたくないような微妙な気持ちに揺れる。進は再び話し始めた。

「宮本志乃は病気なんだ。若年性アルツハイマー。どうしても一度、僕と優斗のそばで働いてみたいと彼女に強く言われて、経理にお願いして病院に入れたんだが、その前から僕は病気に気づいてた。仕事で何度か失敗してね、経理部長から報告を受けて、僕がテストした。いい機会だからと検診を受けさせ、うまく言いくるめて脳のＭＲＩも撮った。病院から家にたどりつけなかったことがあるから、本人も気づいているのかもしれない」

瞳子は目を閉じた。彼女のためのお金だったのだ、と胸の中でつぶやき、その意味を確認する。

「つまりこの先、あなたが彼女の面倒をみるということ？」

「医者になって三十年以上経つが、どうしても慣れることができないのは、治療できずに患者が死ぬことだ。治療したいと思う。だがいまのところ、治る見込みはない。もし僕と出会わなければ、宮本志乃の人生は、まったく別のものになっていたはずだ。僕が彼女の人生を狂わせたんだ」

進の声を瞳子は何の感動もなくただ黙って聞いていた。不治の病。まるでドラマみたいね。彼女の人生を狂わせた？　じゃあ私の人生は？　優斗の人生は？　ここで私は逆上すべきなのか？

瞳子は自分に問いながら、心のどこかで進に嫉妬し始めているのに気づく。

「きみにとっちゃあはした金でも、僕にとっては貴重な現金だった。いくら持ってるかでどこまで彼女と一緒にいられるかが決まるんだ。金さえあれば二十四時間つき合える。あいつが僕を忘れてしまうまで」

進はまだ同じ声で同じ話をしている。

この人は心を決めたのだ、と瞳子は思った。あいつが僕を忘れてしまうまで。いままで進の言葉がこれほどまでにまっすぐ届いたことはない。彼はすべてを捨てる。行き場のなかった瞳子と亮とはちがい、人生をかけて得た地位を進は志乃のために手放すのだ。

ずるい、と瞳子は言いそうになった。自分が一度は夢見たことを進は実現する。進にとっては、瞳子との結婚生活の方が非現実の世界だったのだろう。志乃の不治の病を盾にとって、進はこの厳しい現実から逃げるのだ。

「どんなに責められてもしかたないと僕はわかっているつもりだ。ただ慰謝料を払えと請求されても払う金は持っていない。預貯金は全部きみと優斗のものだ。僕が七十までに死ねば保険金がきみに支払われる」

「優斗はどうなるの？」

瞳子は思わず聞く。

「優斗はいい医者になるよ」

「傷ついてるわ。加奈子さんのことで」

「誰にも防ぐことのできない偶然だった」

「だけど傷ついてるわ、ものすごく深く」

「僕らに何ができる」

「あやまらなきゃ、心から何度でもあやまらなきゃ」

瞳子は繰り返す。ほんとうにそれしかないのだとわかってきたから。

「すまない。僕には時間がないんだ」

進の答えはすべてを振り切るようにきっぱりとしている。

責任を放棄するならほんとうに目の前から消えてほしい、と瞳子は思う。生みの母の病気のことを知れば、また優斗は胸を痛めるだろう。優斗の心を盗むようなことをされたくない。

「志乃さんの病気のこと、優斗には言わないで」と瞳子は言う。進は瞳子の顔をまっすぐ見すえ、

「すまない、優斗はもう知ってるんだ。見抜かれてしまった」と答えた。

「みんな持っていくのね」

「いや、みんな置いていく。病院も、金も、優斗も。優斗に言われたよ。志乃さんのことを頼む、自分は母さんのそばにいなくちゃいけないからって」

「母さん？　私のこと？」

「そうだ」

部屋は冷え冷えとしていたが瞳子の胸には熱いものがこみ上げてくる。自分にも手にしたものがあるのだと思うと、どこかへさまよい出ようとしていた心がからだの中に戻ってきた気がした。自分が選んだのだ、ここにとどまることを。優斗がいつでも帰ってこられるように。

「病院は自分と母さんで守る、とも言った」

「あの子と話したのね」

「ああ、ここへ戻る前に話をした。こんな自分勝手な親に愛想をつかすだろうと思ったが、あいつは冷静だったよ。真面目に話を聞いてくれて、怒り出すでもなく、あきれるでもなく、いいな、と言った」

瞳子は目を閉じる。優斗の気持ちが自分にもわかる。

「どうしてやることもできないんだ、と僕が言うと、わかってる、とだけ答えた。悲しそうに見えたよ。でも、どうしてやることもできない」

進が繰り返す言葉が現実であり真実だった。時間をかけてそれぞれが選んだ場所に落ち着くしかない。生きていくということはそういうことだ。進に去られ、優斗に責められながら、それでも瞳子はここにとどまり、自分をさらして陰口に耐え、そのうち人々が騒動を忘れるまで、がんばっている姿だけが記憶に残るように努力し続けてはじめて、ある日まるで何事もなかったかのように、もと通りとはいかないが、平和な日常が取り戻せるのだ。そしてもしかしたらその先に、つらくない日々が待っているかもしれない。

クビになる前に辞職した宮本志乃は、病院の職員のグループラインに「Uは、院長と私の間に生まれた子です」という書き込みを残した。それを事務長から見せられた瞳子は、「これって」と事務長の顔を見た。

「Uは若先生のことじゃないかって、みんな噂してます。まあ信じてはいないみたいですけど。瞳子お嬢さまの妊婦姿を古株は見てますからね。それに宮本さんはあまり評判がよくなかったんで」

「そう」

事務長はそう言うと、「大丈夫ですよ」と笑った。瞳子はそのやさしい笑顔をみて、この人もずいぶん年を取ったなと思う。額《ひたい》は広く、短く刈《か》った髪は白く、笑った口元にシワが寄っている。

「院長が辞表を持ってこられました。理事長に渡してくれ、と」

「そう」

「宮本さんは、その、病気ですか？」

「気づいてたの？」

「ええ。たぶん経理の人たちは気づいていたと思います」

そう、と瞳子は答え、「いつから？」と聞き返す。

「夏の終わり頃からですかね。急に仕事ができなくなって、課長は何もさせないように配慮していたようです」

「進さんは彼女の面倒をみるそうよ、一生」

一番大切なものが愛なら、そうして当然だと瞳子は思いながら、事務長の顔をさぐるように見つめる。事務長は無言で見つめ返してきた。

「いい話だと思う？　思うわよね」

瞳子の口調はわざとらしいほど平静だった。

「院長のことを、みんな陰でなんて呼んでいるか、ご存じですか？」と事務長は聞く。

「知らない」

「アイスマンです。いつも氷のように冷静だから。騒ぐな、が口グセで、看護師たちは恐れています。その院長が、宮本さんのために地位を捨てるなんて、世の中わかりませんな」

事務長の声に皮肉な響きはみじんもない。

「いい話だと思う?」と瞳子はもう一度聞く。

「私には真似のできない生き方です。しかし、いい話というよりずいぶんと残酷な話だと私は思います。もちろん瞳子お嬢さまにとって。そして、ほかの人にとってはどうでもいいことじゃないですか」

でもまちがっていたことが正されるなら、それはいい話でしょう? 瞳子はつい心の中で亮に話しかける。

「小児科の崎坂先生に戻ってきてもらったらどうかしら。あの人なら院長にふさわしいと思うの」

気を取り直し、瞳子は考えていたことを口にしてみる。

「小児科を復活させるんですか?」

「母はそうしたいと思ってるし、私も。この地域には小児科がないしね。物忘れ外来を別の階に移せば、診察室は確保できるでしょう? 認知症予防プログラムは続けたいわ」

事務長がにこにこ笑ってうなずいているのを見て、「何、おかしい?」と瞳子は聞いた。

「潤一郎先生がいたら、きっと喜んだだろうなと思って。崎坂先生もいいですが、病院のことなら若先生とお話しになってみてはいかがですか?」

「パパが喜んだ? どうして?」

「瞳子お嬢さまが先頭に立って病院のことを考えていらっしゃるからですよ」

事務長の言葉に、自分は父親の期待にいまさらながら応えようとする娘に見えているのだ、と瞳子は思い、不思議な気がした。亮、私はけっして親に認めてもらいたくてここにとどまるわけじゃないのよ。わかってくれる?

瞳子は亮に話しかけるのをやめられない。不思議なことに、話しかけている自分は六十歳なのに、聞いている亮はいつのまにか十八に戻っている。そしてしあわせそうに笑っている。それがいつもひどく悲しい。

21

汚れてもいい服装で来いと言われたので、着古したキャメルのセーターにベージュのコットンパンツをはき、その上からコートを羽織って、瞳子は久しぶりに外へ出た。街は少しだけ春めいて、まだ風は冷たいのに、気の早い女たちはブーツを脱いでハイヒールを履き、寒そうに見える。電車に乗るのがめんどうで、瞳子はタクシーを拾い、自由が丘の沙織の工房の住所を告げる。運転手はすぐにカーナビに住所を打ち込んだ。どこもかしこもコンピューター。暦の上では春なのに窓の外にはまだどんよりとした冬色の空が広がって、瞳子の心を少しだけ重くする。

工房に着くと、沙織はエプロンを貸してくれた。ほかに生徒はいない。まず土をこねるのよ、と冷たい土の塊《かたまり》を渡され、両手で押して伸ばす。折っては伸ばし折っては伸ばし、それを延々と繰り返す。すぐに手が泥まみれになって、瞳子の心はからっぽになる。

土をこね終わると、今度はろくろだ。沙織の言う通り、土に指を添えてろくろを回すけれど、なかなかうまくいかない。何度もやり直す。

「瞳子、才能ないね」と沙織はニヤける。瞳子があまりにも不器用で、茶碗らしきものが出来上がるまで、ずいぶん時間がかかった。

「そう言えば、詐欺騒動はどうなったの？」と瞳子が聞くと、「なんとかグルじゃないってことをわかってくれて、私は無罪になったんだけど、ずいぶんニュースに出ちゃったからシュンとしてたの。ところが世の中ってわかんないよねえ、注文殺到。贋作のよ。で、工藤くんのネットショップに専用の窓口作ってもらって、工藤くんがプロデュースして売ってくれてる。いわゆる炎上商法よ」と沙織は笑いながら答える。

「へえ、沙織、たくましいわね」

「だって生きていかなくちゃならないもの、一人で」

沙織は泥だらけのエプロンをはずし、「今日はここまで。乾かして、次回、素焼きして釉薬《ゆうやく》をかけます」と先生っぽく言う。

瞳子も借りたエプロンを脱いで沙織に返し、手を洗う。沙織は、教室の隅の流し台の横に置いてあるテーブルでコーヒーをいれてくれる。

マグカップを渡され、熱いコーヒーを口にすると、つい深いため息が出た。

「で、ケリはついたの？」と沙織が聞く。

「うん。夫は院長を辞め私と離婚して、優斗の母親と一緒にいる。彼女は治る見込みのない病気なの。ＤＮＡ鑑定まで要求してきたのに、息子にケンカするのはやめてほしいって諭されてね、引いてくれた。やっぱり息子がかわいいのよ、母親だもの。優斗はしばらく彼女と暮らしたいって家を出てった」

「そっかあ」

瞳子はつい最近、加奈子に会ったばかりだ。優斗さんは私が傷ついてないか、泣いてないか、それればかり心配してくれるんです、ほんとのお兄さんみたい、とさびしそうに言い、笑おうとした。どれだけ泣いたことだろう、と思うと、抱きしめて背中をなでてあげたくなる。好きにしていいのよ、病院を継がなくたっていいって優斗に伝えてね、と瞳子は頼んだ。血筋にこだわった祖父はもういない。進の母はじゅうぶんな治療を受けた。もう私たちを縛るものはない。優斗には自由に生きてほしかった。

「たとえ血がつながっていたとしても、心から愛せる人に出会えたのはしあわせなことだよ」と沙織が言う。そういえば沙織から恋愛の話を聞いたことがなかった、と瞳子は思い、「沙織って結婚しようと思ったことはないの？」と聞いてみた。

うふふ、内緒、と沙織は笑う。笑うと目じりにシワが寄って、シャープな顔の印象が少し崩れてかわいく見える。

「工藤くん、沙織のことが好きなのね」

瞳子がそう言うと、「コクられた」と沙織は少し照れくさそうに答える。

「いつ？」

「詐欺騒動がおさまった後」

「それで、なんて答えたの？」

「考えさせてくれって」

「それで？」

「まだ考え中」

「あれあれ？」

「何よ」

「お揃いのヘアスタイルだもんね」

「それは偶然だもん」

「工藤くんが真似してるのかも」

「瞳子、私たち、驚くほど成長してないよ」

「うん。恋に関しては誰も成長しないのよ」

「うわ、名言」

えへへと瞳子は照れて、沙織は手にしたカップを机の上に置きながら「ほんと、その通りね」と言う。

「私ね、まわりの人たちに責められてどこにも行けず家にこもってたとき、ひたすら本を読んでたんだけど、そのとき世界や自分について不思議なほど素直に考えなおすことができたのよ。そして小説の中でいろんな人の夢にさわっているうちにね、私は自分がほんとうに医者になりたい女の子だったことを思い出したの。泣いてる患者さんを助けたかったから。退院していく患者さんの幸せそうな顔を見て育ったせいね。どんなにつらくても病院を放り出さない息子を見ていて、ああきっとこの子も同じなんだなって思ったわ。医者になってたらって、私は何度思ったかわからない。そしてそのたびに、自分は医者になれなかったから病院という舞台では脇役でしかないと思い込んでいたの。でも私が医者をあきらめたのは、自分の選択だったのよね。大学四年間はほんとに楽しかったし自分にとってかけがえのない時間だった。そして文学を選んだことにも意味があったのよ。私はたくさん小説を読んできたおかげで、いろんな患者さんの気持ちに寄り添うことができるようになってる気がするの。きっと私はずっと本を読み続ける。文学は何にも代えがたいもの。でね、ほんとうにささやかな一歩だけれど、病院に図書室を作ることにした。私の読んだ本を並べて、つらくなった病人のために物語を選んであげることもできるかもしれないでしょ。心を救うのは医学ではなく文学の役目だから」

瞳子は心の中の亮に向かって話し続ける。沙織は二杯目のコーヒーをいれながら黙ってじっと聞いている。

「うちの病院でね、認知症予防プログラムっていうのをやってるんだけどね、その中の一つの課題にストーリーテリングというのがあってね、老人たちが一人ずつ順番にお話をするの。昔の話でもいいいし、いまの話でもいいの。たいていの人は昔の話をする。人生を振り返って、幼かった頃、青年だった頃、どんな運命に従って生きることになったか、どの人の話もおもしろくて、ひきこまれるわ。それはすでに何度も編集を重ねて練り上げられた物語だからよ。もちろん忘れてることもあるし、都合のいいことしか覚えてないかもしれない。まるっきりデタラメかもしれない。でもね、作家じゃなくても人はみんな物語を作るんだってよくわかる。私、思うの。人って自分が世界の中のどこにいるのか、しょっちゅうわからなくなるでしょ。だからすぐに途方にくれる。だけど物語の中では自分の位置を確かめることができるじゃない？　それはつまり、自分が生きてるってことを確認することなのよ。物語を作るのは人が持って生まれた能力であって、きっと避けられない習性なのよ」

ほんとうは亮とこの話をしたいのだ。結末のあることが小説の差し出す物語の救いだと言っていた亮。瞳子はその意味をいまかみしめている。どこまでいっても現実の物語には終わりがなく、人は自分の物語の結末を実際に知ることはできない。けれど、物語のゆくえを追って小説を読み、その終わりを見届けることで、人はまた自分の人生のゆくえを追ってみる気になれるのかもしれない。ゆくえを見届けようと勇気を出すかもしれない。

「でも物語にする途中で必ず嘘をつく。嘘にもいろいろあるわ。他愛のない嘘。自分を飾るための嘘。やむにやまれぬ嘘。自分を守るための嘘。どうしても知られてはならない嘘。誰もが嘘をつくことがわかっていても、それなのに人って嘘をつかれてるとは思わない生きものなのね。嘘をつかれることを前提に生きていくなんて不可能だもの。嘘をつかれたとわかったら人は必ず落胆する。なのに、私は息子をずっとだましてた。あの子のための嘘ではない。私と病院のための身勝手な嘘よ。どれだけ私にとって切実であったとしても、あの子を巻き込んではいけなかった。償《つぐな》いきれないわ。だから向き合っていかなくちゃ。ずっとずっと、死ぬまでずっと」

二杯目のコーヒーはもっと熱くて指の先まであたためてくれる。

「麻衣子さん、ほんとうに和久井くんのこと愛してるのかな」

黙って聞いていた沙織がポツリと言う。

「響は梢を愛してた。梢も。それでいいのよ。亮は自分たちのことをモデルにしてあの小説を書いただけ。それがすべて」

瞳子はそう思っていたし、そう言うことしかできない。でも瞳子は亮に、亮は瞳子に嘘はつかなかった。つかなかったはずだ。

「もうすぐあの日から一年経つのね」と沙織がつぶやく。

みんなが再会したあのプチ同窓会。オジサン、オバサンになっても、心の中には青春の日々が失われずに残っていることを確かめたあの日。

あの日よりいまの私はほんの少しでもしあわせになれただろうか、と瞳子は考えてみる。少なくともいま、私は前より正直になった。「あともう少し、がんばらなくちゃ」と瞳子は口にした。どこかで小説を書いているはずの亮に恥ずかしくない自分になりたい。自分で立てた問いに自分で答えを見つけたい。

家に戻ってコートを脱ぎ、汚れた服も脱いでシャワーを浴び、部屋着の上にガウンを羽織ったままリビングに戻ったとき、バッグの中でスマホが鳴った。真二からだった。

「久しぶり」と瞳子が電話に出ると、「柊さん、いまどこ?」と真二が聞く。

「うちよ。なんで?」

「そこに椅子ある?」

「うん。ソファがある」

「じゃあ座って。座ったら言って」

変なこと言うなと思いながら、瞳子はソファに腰かけ、「座りましたよ」と真二に呼びかける。

微妙な間《ま》があった。瞳子は震え始める。

「今朝、和久井が死んだ。奥さんから電話があった」

なんで、と聞こうとしても声が出ない。

「肝硬変から肝臓がんを併発してて、一ヶ月前から入院してたんだ。腹水がたまってお腹がふくらんで、黄疸《おうだん》も出て、瞳子には絶対知らせるなって言われてた。こんなみっともない姿、見られたくないって」

瞳子は何も言えないままスマホを握りしめていた。

「柊さん、大丈夫?」と真二が聞くのが耳に入ったけれど、意味がわからない。

「和久井から預かってたものがあるんだ。自分が死んだら瞳子に渡してくれって言われてた。さっきバイク便でそっちに送ったからすぐに着くと思う。オレが持って行ってもよかったんだけど、柊さん、すぐに独りで見たいだろうと思って」

真二はそう言うと黙った。瞳子は「わかった。ありがとう」と小さな声で返事をし、電話は切れた。

立ち上がることができなかった。悲しいのかさえもわからない。涙も出ない。

どのくらい経っただろう。チャイムが鳴って、瞳子は我に返りインターホンを取る。バイク便だった。

受け取るとすぐに立ったまま封筒を開ける。指がもつれた。

中から出てきたのは、手紙と一冊の本とＵＳＢメモリだった。手紙を開く。

「瞳子へ

少し飲みすぎたみたいだ。

脳症のせいで、正気でいられる時間がどんどん減っている。

おまえとオレのことを小説にした。

読んでおまえがいいと思ったら波多野に出版の許可を伝えてくれ。

おまえが嫌ならそのままでいい。

それから、パリの一日とこの詩だけを残して、あとは全部忘れろ。

オレもそうする。


亮」

亮の字は乱れて苦しがっているのがわかった。だけどいまは、もう苦しんでいないのだ、と瞳子は思う。

本は、古びて黄ばんだなつかしい花邑ヒカルの詩集だった。「あなたがはいというから」の載っているページに、サンジェルマンデプレのカフェ、レ・ドゥ・マゴのレシートと、写真が一枚挟んであった。レシートにはクロックムッシュ２、エスプレッソ２と書いてある。たしかに二人があそこにいたしるし。瞳子はそのレシートをそっとなでた。

写真の中には十八歳の瞳子がいた。横を向いて少しふくれっ面をしている。

レシートと写真をテーブルの上に置き、瞳子はソファに座って「あなたがはいというから」を読んだ。全部覚えているのにはじめて読む気がした。一言一言がページから飛び出して、瞳子の胸に突き刺さる。知らない単語は一つもないのに、その意味を伝えるためにひどく遠回りをしてたどりついた詩みたいだ。

それから心を決め、ノートパソコンを持ってきてＵＳＢを差し込み、亮の書いた小説を読んだ。そこにはあり得たかもしれない二人の物語がつづられていた。

二人の男女がパリで出会う。年は二人とも六十歳で、女は花邑ヒカルの詩集を抱えていて、それを見つけた男がなつかしさのあまり声をかけるのだ。それぞれ妻と夫とは別行動をしていて、二人は一緒に美術館をめぐり、雨宿りしたカフェで話し込む。

しあわせなありふれた人生を送ってきた二人は、その詩集を読んだ頃のなつかしい思い出にふける。初恋、友情、感動、絶望。すべてがみずみずしく美化されてよみがえるにつれて、おもしろいほど意気投合し、話ははずみ、互いに心を許し、近づいてゆく二人。

けれど二人は嘘をついている。男はがんの末期であとわずかしか生きられないが、妻にほんとうのことを言えないでいる。女は仕事一筋で生きてきてほんとうは独身だ。もしもこの人と一緒に生きてきたら。惹かれ合う二人は心の中でそんな想像をする。その想像は魅力的で少し悲しい。

日が暮れて、互いに別れがたく思いながら、二人はそれぞれの場所へ戻っていく。

男は買い物から戻ってきて上機嫌の妻の話を聞きながら、花邑ヒカルの詩を一つも知らない彼女と過ごした長い長い時間を思う。

〉パンパンにふくらんだ紙袋を両手にいくつも抱えて戻ってきた妻は、ずっとしゃべり続けている。

オペラにプランタンってデパートがあってね、プランタンって銀座にあったプランタンなのね。なんか感動なかったわ。しょせんデパートはデパートよ。でもさあデパ地下？　おもしろかった。チーズの種類がすごくて、あれは見せたかったわね。臭かったけど。そうそう、煎茶も売ってたわよ、おしゃれな感じでね。高かったな。アラン・デュカスのチョコレートってのもあったけど高くて買わなかった。そこからオペラ通りをせっせと歩いて東の方からサントノーレ通りを攻めたの。あそこはパリって感じがしたなあ。ショーウィンドーのディスプレイがね、ちがうの、おしゃれなのよねえ。お花の飾り方ひとつにしてもちがうのよお。シャネルにもエルメスにも行ったわよ。買わないけどね。ケリーバッグっていちげんさんは注文できないんだって。でもあれ、ほんと使いにくそうじゃない。使うもんじゃないのよね、きっと。持つだけ。お金持ちってわかんないわねえ。フフフと妻は笑う。

不思議な柄のTシャツにベージュの太いパンツをはいた妻は、背は低いが堂々とした体格で、出会ったときはいまより一回りも二回りもサイズが小さかったな、と男は遠い記憶をたぐり寄せようとするがうまくいかない。もう少し細くて、髪が長くて。ニコニコ上機嫌で話し続ける妻の横顔からシワを引き算してみる。それもうまくいかない。

男はさっきまで一緒だった女のことを思い出す。小粒のダイヤのピアス以外アクセサリーは身に着けていなかったが、ジャケットもジャケットの中の真っ白なTシャツも品がよかった。スリムなデニムもよく似合っていて、笑うと目じりに寄るシワを容易に消して若い頃を想像することができた。はじめて好きになった人によく似ていた。カフェで三時間も話し込んだ。

女性とあんなにうちとけて話すなんて、いったいいつぶりだったんだろう。途中からお互いを得難い相手なのではないかと思い始めていたのは確かだ。この人にもっと早く出会っていたら、人生は楽しくなっていたのではないかという思いが少しずつつのっていった。

けれど、それは相手が恋しいというよりは過去の、あの頃の自分がいとおしいだけだったのではないかと男は思い直す。何の背景もなく打算もなく、ただ好きだというだけで充たされたあの頃を、なつかしむことのない六十歳がいるだろうか。

妻は男がろくに話を聞いていないと思いながらかまわずしゃべり続ける。しあわせそうだ。聞いていないわけじゃないんだよ、男は女ほど頭がよくないから、話についていくだけで精いっぱいなんだ、と男は言いたくなる。妻の話はいつもいきいきしていて楽しい。

彼女がパリのいまを肌で感じていた同じときに、自分は過去の方を向いていたのだ、と男は思う。男は今日出会った女の中に、学生時代、恋に落ちた同級生の姿を見ていた。あの頃は同じ言葉が好きだというだけでただ惹かれ合い、ささいな共通点に大きなしあわせを感じたものだ。

けれど今日、女に手渡されたあまりにもなつかしい詩集の中の二人が大好きだったあの詩を読み直したとき、なつかしいという以外なんの魅力も感じなかった。男はそれがとっくに過ぎ去り、戻らない過去の中のあるページに過ぎなくなっているのだと気づく。

あれからずいぶんと時が流れ、忘れがたい記憶の中で輝ける瞬間だと信じていたものも、自分勝手に編集し直した凡庸《ぼんよう》な物語に過ぎないのかもしれないと男は思う。けれど妻との数十年はこのからだが知っていて、それが編集できないことをあのシワが教えてくれる。二人は共通点に頼ることなくお互いのちがいを受け入れ、新しい自分をつくり出し、助け合い支え合って生きてきた。平凡だが簡単に何かと取り換えることのできない時間を経てたどりついたいまの、この穏やかな妻のしあわせそうな顔を曇らせたくなくて、病のことを言い出せないのだと思った。そして、少しずつひっそりと確実に刻まれていくシワのように、自分でも気づかぬうちに静かに自分の内に充ちていたものを男は突然感じ取る。まちがいなくそれは、愛だった。〉

　読み終わる頃には、夜が来ていて、真っ暗な部屋でテーブルの上に置いたパソコンの画面だけがぼんやり光っていた。あまりにも物語の中のパリがいきいきとしていたので、今朝、彼が死んだという事実を受け入れることができない。
　この男は亮なのだ。そして亮は最期になって妻を愛していたことに気づいたのだ。

〈あれからずいぶんと時が流れ、忘れがたい記憶の中で輝ける瞬間だと信じていたものも、自分勝手に編集し直した凡庸な物語に過ぎないのかもしれない〉

　亮はこんなことを自分にわざわざ知らせようとしたのだ。何度もその箇所を読み返し、瞳子はその意味をかみ砕き、苦労してのみ込もうとした。痛みとともに喉を通過した言葉たちは胸でつっかえ雨雲のように広がり、からだの内側から光を奪った。闇の中で瞳子は途方にくれ、立ち上がれなくなり、泣き出した。

すべてを終わらせるために私をパリに呼んだのだ。妻を愛していると嘘をついて苦しんでいたことを、もう気にするなと亮は言っているのだ、と瞳子は思った。再会してから瞳子と関わったのはただのなつかしさだった。嘘だと思っていたことは嘘ではなかった。だからもう苦しんでいない、と。

亮が苦しんでいないのなら、それはいいことなのだと瞳子は思おうとしたがうまくできない。ずいぶん長い間泣いて、泣き疲れた瞳子は、テーブルの上のリモコンに手を伸ばし、部屋の明かりをつけて、すぐそばに置いてあった亮の手紙をもう一度読み直す。そこにはたしかに「おまえとオレのことを小説にした」とある。だからふたりのことなのだと思いながらこの小説を読み始めて、瞳子はしあわせだった。二人が十代の終わりの思い出を語ると、あの頃がよみがえってきて、しかもその背景はついこのあいだ亮と過ごしたパリで、二人がしあわせそうだったから。

亮と瞳子とはちがって、物語の中の二人が意気投合し話し込んで、次第に近づいていくと、瞳子は期待せずにいられなかった。亮は自分たちの代わりにこの二人を結びつけてくれるのではないかと思ったのだ。

だから最後に男がたどりついた結論に絶望した。

そこで瞳子はハッとした。

もし男と女が別れがたい気持ちを抑えきれずに、お互いの秘密を打ち明け、わかり合い、結ばれることになったら、読んだ人はなんと思うだろう。読者は亮と瞳子のことを知っている。小説の中の男と女を、亮と瞳子のことだと思うかもしれない、いや、思うだろう。

まさか。

涙が止まった。瞳子はきちんと座り直し、もう一度亮が送ってきたものを確かめる。詩集、レシート、写真、手紙。

まさか、そういうことなのか。

「パリの一日とこの詩だけを残して、あとは全部忘れろ」

つまり、この小説のことも忘れろという意味なのだ。この小説に書いてあることで泣くなということだ。

瞳子は冒頭のシーンを思い出し、ページをさかのぼる。


〉「みんな『消えゆく星』がいいって言うのに」というフレーズがまだ男の頭の中で響き続けている。同じことを言った人がいた。そのときのことを思い出しかける。

あの人ならなんと答えるだろう。嘘をついてもいいかとたずねたら、はい、と言うだろうか。〈

そのあとに続く文を亮は書かなかった。亮が隠したものを瞳子は読み取る。これから書くことは嘘なのだと、亮は最初に教えてくれている。そして瞳子は「はい」と答えるのだ。

この小説を読んだ人は、そこに書かれていることを作家の現実に当てはめようとするだろう。やはり作家は妻を愛していた。それを最期に書き残して死んだ。遺作で嘘をつくはずがないと思うだろう。物語と現実を混同しがちな読者のその錯覚を利用して、亮は疑いを抱いた麻衣子を安心させ、スキャンダルから瞳子を消し去ろうとしたのだ。

物語が人を救えることを、亮は証明しようとしている。多くの読者に勇気を与える、などという大それた救いではなく、瞳子というたった一人の女を実際に救おうと亮は物語を作り上げたのだ。

思いもかけなかった結末に震え、気持ちを持て余して、瞳子はリビングの窓を開けテラスに出た。せつない三月の、春を裏切るような冷たい空気が頬の涙の跡をなぞっていく。亮がパリのあの夜刻んだ形を真似て、両の腕でしっかりと自分を抱きしめて空を見上げる。星は見えない。あの夜のように。

パリの一日を残してあとは全部忘れろ、と亮は言った。それはつまり互いに若い頃の二人そのままの幻でいようということだ。幻こそが二人のありのままの姿で、あの一日、二人は過去に舞い戻っていたから。そうしたくて、無理にではなくいつのまにか自然にそうなって、しあわせだったから。年を取るということは素顔の自分が幻になることなのかもしれない。

瞳子はノートパソコンの前に戻る。亮の最後の小説をどうするべきなのか迷っている。自分がこのデータを消去してしまえば、この物語はなかったことになる。

最後なのに、亮の大切な小説を手段にさせてしまったのは自分だ、と瞳子は思った。けれどそれでもいいのだとあの詩は言っている。

あなたがはいというから
わたしはわらっていられた
すべてのひとがいいえとひていしても
あなただけがこうていしてくれれば
わたしはいきていける

小説。嘘をついてもいい唯一の世界の中で、精いっぱいの愛を差し出している亮が見えた。いとおしく、せつなく、もう二度と会えない亮の最後のありったけのやさしさがこの小説なのだとしたら、自分にはそれを消す資格はない。消せるはずがない。それは私を消すことだから。瞳子はそう思い、目を閉じる。

あの日、あの小さな部屋で、手の届くところに彼がいたあの朝に戻れるのなら戻りたい、目を閉じたまま瞳子はそう願う。

そして耳をすます。教会の鐘の音が聞こえてくるまで。

谷川直子

TANIGAWA NAOKO

★

一九六〇年、神戸市生まれ。
二〇一二年『おしかくさま』で第四九回文藝賞を受賞し、デビュー。
他の著書に、小説『断貧サロン』『四月は少しつめたくて』
『世界一ありふれた答え』『私が誰かわかりますか』のほか、
高橋直子名義で、エッセイ『競馬の国のアリス』『お洋服はうれしい』
などがある。

◎引用・参考文献

フローベール『ボヴァリー夫人』生島遼一／訳　新潮文庫
メーテルリンク『青い鳥』堀口大學／訳　新潮文庫
ゲーテ『ファウスト』悲劇第二部（上）手塚富雄／訳　中公文庫
A・モラヴィア『無関心な人びと』大久保昭男／訳　早川書房
リルケ『若き詩人への手紙・若き女性への手紙』高安国世／訳　新潮文庫

あなたがはいというから

★

二〇二一年一月二〇日　初版印刷
二〇二一年一月三〇日　初版発行

著者★谷川直子
装幀★高柳雅人
カバー写真★©Cavan Images/amanaimages

発行者★小野寺優
発行所★株式会社河出書房新社
〒一五一－〇〇五一
東京都渋谷区千駄ヶ谷二－三二－二
電話★〇三－三四〇四－一二〇一［営業］〇三－三四〇四－八六一一［編集］
http://www.kawade.co.jp/
組版★株式会社キャップス
印刷★三松堂株式会社
製本★小泉製本株式会社

Printed in Japan

ISBN978-4-309-02939-9

谷川直子の単行本

TANIGAWA ★ NAOKO

おしかくさま

おしかくさまという“お金の神様”を信じる女達に出会ったミナミ。バツイチで先行き不安な彼女は、その正体を追うが…現代日本のお金信仰を問う文藝賞受賞作。

断貧サロン

貧乏神被害者の会が主催する“貧乏を断つ”ためのサロン。そこには働かないイケメンの彼氏をもつ、様々な事情のある女達が集まって!?　金と愛をめぐる話題作。

四月は少しつめたくて

詩が書けなくなった大詩人と訳あり女性編集者。口をきかなくなった娘とその真相を探る母親。大切な人の心に届く言葉を探す奮闘の行方。各紙誌絶賛！

世界一ありふれた答え

離婚して未来を見失った女。ピアノを弾く時だけ、指が動かない病いのピアニスト。人生のどん底で出会った二人の再生を描く。伊藤比呂美・落合恵子氏絶賛！